LES PLUS BEAUX POÈMES D'AMOUR
DE LA LANGUE FRANÇAISE

JEAN ORIZET

Les Plus Beaux Poèmes d'amour de la langue française

Anthologie

LE CHERCHE MIDI

Préface

Dans l'ordre de l'écriture, un poème d'amour est la plus belle chose qui soit, comme peut l'être un corps de femme né sous le ciseau du sculpteur. L'art et la passion se mêlent au cœur du poème pour inventer un raccourci d'éternité. Le poème d'amour est sûrement le meilleur dénominateur commun entre les êtres, en tous temps et en tous lieux, parce que les mots porteurs d'amour ont valeur universelle.

Dans ce volume, nous avons choisi de présenter les poètes par ordre d'entrée en scène sur le théâtre de la vie. Ainsi, la chronologie laisse-t-elle mieux apparaître la pérennité du message.

Amour de jeunesse ou de maturité, amour passion, amour tendresse, amour perdu et retrouvé, amour lointain ou courtois, amour rêvé ou amour fou : voici tous ces visages de l'amour qui, grâce à nos baladins, n'ont pas pris une ride. Leur fraîcheur est intacte et nous les lisons avec l'émotion qui devait être celle de l'auteur au moment où il écrivait ses vers ; celle du destinataire aussi. Voilà pourquoi l'amour est toujours plus fort que

5

le temps et la mort. Orphée et Eurydice, Dante et Béatrice, Tristan et Iseut, Roméo et Juliette sont là pour nous le rappeler.

Écoutons les plaintes de Christine de Pisan, la dolence de Charles d'Orléans, la flamme de Louise Labé, les élans de Corneille, la franchise de La Fontaine, la nostalgie de Musset, le « spleen » de Baudelaire, la vigueur d'Aragon, la brûlure d'Alain Borne.

Les voilà qui volent de siècle en siècle, ces chants d'amour et de passion, pour venir jusqu'à nous et continuer de nous émouvoir.

Jean ORIZET,
de l'académie Mallarmé.

XIIᵉ et XIIIᵉ siècles

Béatrice de Die
(vers 1150)

Chanson

Grande peine m'est advenue
Pour un chevalier que j'ai eu,
Je veux qu'en tous les temps l'on sache
Comment moi, je l'ai tant aimé ;
Et maintenant je suis trahie,
Car je lui refusais l'amour.
J'étais pourtant en grand' folie
Au lit comme toute vêtue.

Combien voudrais mon chevalier
Tenir un soir dans mes bras nus,
Pour lui seul, il serait comblé,
Je ferais coussin de mes hanches ;
Car je m'en suis bien plus éprise
Que ne fut Flore de Blanchefleur.

Béatrice de Die

Mon amour et mon cœur lui donne,
Mon âme, mes yeux, et ma vie.

Bel ami, si plaisant et bon,
Si vous retrouve en mon pouvoir
Et me couche avec vous un soir
Et d'amour vous donne un baiser,
Nul plaisir ne sera meilleur
Que vous, en place de mari,
Sachez-le, si vous promettez
De faire tout ce que je voudrais.

Jaufré Rudel
(vers 1150)

La Princesse lointaine

Quand le ruisseau de la fontaine
S'éclaircit et la marjolaine
Au joyeux soleil du printemps
Et que du rossignol le chant
S'élève et module et s'affine
Sur la branche de l'aubépine,
Il faut que j'entonne le mien.

Amour de la terre lointaine
Pour vous tout mon corps est dolent,
Car ne fut plus gente chrétienne.
Heureux pour qui elle est parlant.

De désir mon cœur est tiré
Vers cette dame qu'entre tous j'aime.
Pour elle ai toujours soupiré,

Mais ne veux pas que l'on me plaigne,
Car de la douleur naît la joie.

Lorsque les jours sont longs en mai,
Le doux chant des oiseaux me plaît
Et quand peu à peu il s'éteint
D'un amour lointain me souvient.

Je marche alors tête baissée
Et non plus que saison glacée
Me plaît alors le chant d'oiseau
Ou le gazouillis du ruisseau.
Je le tiendrai pour vrai Seigneur
Par qui verrai l'amour lointain,
Mais malgré l'espoir de tel heur
J'ai mal, car il est trop lointain.

Ah ! que ne suis-je pèlerin
Là-bas pour porter le bourdon
Et recevoir le meilleur don
D'être contemplé par ses yeux.
Jamais d'amour ne jouirai
Sinon de cet amour lointain,

Car femme ne connais meilleure
Ni plus gracieuse en cette heure
De nulle part, ni près ni loin.
Pour elle et pour lui rendre soin
Je consens à être captif
Là-bas au pays sarrasin.

Jaufré Rudel

Il dit vrai celui qui m'appelle
Le désireux d'amour lointain,
Car nulle autre joie ne révèle
Que jouir de l'amour lointain,
Mais tous mes vœux sont inutiles
Et je suis voué à ce sort
D'aimer toujours sans être aimé.

Bernard de Ventadour
(? - vers 1170)

J'ai le cœur...

J'ai le cœur si plein de joie
Qu'il transmue Nature ;
Le gel me semble fleur blanche,
Vermeille et dorée.
Avec le vent et la pluie
Mon bonheur s'accroît :
C'est pourquoi mon Prix s'exalte
Et mon chant s'épure.
J'ai tant d'amour au cœur,
De joie et de douceur
Que frimas est une fleur
Et neige, verdure.

Marie de France
(vers 1170)

Le Lai du Chèvrefeuille

[…]
De ces deux, il en fut ainsi
Comme du chèvrefeuille était
Qui au coudrier s'attachait :
Quand il s'est enlacé et pris
Et tout autour du fût s'est mis,
Ensemble peuvent bien durer.
Qui plus tard les veut détacher,
Le coudrier tue vivement
Et chèvrefeuille mêmement.
« Belle amie, ainsi est de nous :
Ni vous sans moi, ni moi sans vous ! »

Thibaut de Champagne
(1201-1253)

Je suis semblable à la licorne…

Je suis semblable à la licorne
qui contemple, fascinée,
la vierge que suit son regard.
Heureuse de son tourment,
elle tombe pâmée en son giron,
proie offerte au traître qui la tue.
Ainsi de moi, je suis mis à mort.
Amour et ma dame me tuent.
Ils ont pris mon cœur, je ne peux le reprendre.

Dame, quand je fus pour la première fois
devant vous, quand je vous vis,
mon cœur si fort tressaillit
qu'il est resté auprès de vous quand je partis.

Alors il fut emmené sans rançon
et enfermé dans la douce prison
dont les piliers sont de désir,
les portes, de contemplation,
et les chaînes, de bon espoir.

Amour a la clef de la prison,
il la fait garder par trois portiers :
Beau Visage a nom le premier,
Beauté exerce ensuite son pouvoir ;
Obstacle est mis devant l'entrée,
un être sale, félon, vulgaire et puant,
plein de malveillance et de scélératesse.
Ces gardiens rusés et rapides
ont tôt fait de se saisir d'un homme !

Qui pourrait supporter les brimades
et les assauts de ces geôliers ?
Jamais Roland ni Olivier
ne remportèrent de si rudes batailles.
Ils triomphèrent, les armes à la main,
mais ceux-là, seule Humilité peut les vaincre
dont Patience est le porte-étendard.
En ce combat dont je vous parle,
il n'est d'autre recours que la pitié.

Dame, je ne redoute rien tant
que de manquer à vous aimer.
J'ai tant appris la souffrance
qu'elle m'a lié tout entier à vous.

Thibaut de Champagne

Et même s'il vous déplaisait,
je ne pourrais renoncer à vous
sans emporter au moins mes souvenirs.
Mon cœur, lui, restera en prison,
et peut-être moi-même.

XIVᵉ et XVᵉ siècles

Guillaume de Machaut
(1300-1377)

Douce dame, que j'aime tant et désire…

Douce dame, que j'aime tant et désire,
De sorte que jour et nuit je ne pense ailleurs,
Je ne veux pas vous prier ni requérir
Que vous m'accordiez la grâce ni votre amour,
Ni rien qui puisse alléger ma douleur,
À part, sans plus, que vous daigniez savoir
Que je vous aime de cœur, sans décevoir[*].

Car je ne pourrai nullement arriver,
À mon avis, à un si grand honneur
Et je ne suis pas digne de vous servir.
Aussi, sachez, très belle que je vénère,
Que je tiendrais ma peine pour récompensée

---

[*] sans tromperie

Guillaume de Machaut

Si vous vouliez parfois vous apercevoir
Que je vous aime de cœur, sans décevoir.

Et, très belle, que j'aime sans repentir,
J'espère tant de biens de votre douceur,
Et votre noble cœur déciderait
Grâce, pitié, noblesse et vraie amour,
Tant qu'il aurait pitié de la douleur
Qui me serre, si vous saviez de voir*
Que je vous aime de cœur, sans décevoir.

---

* vraiment

Christine de Pisan
(1363-1431)

Seulette suis…

Seulette suis et seulette veux être,
Seulette m'a mon doux ami laissée,
Seulette suis sans compagnon ni maître,
Seulette suis dolente et courroucée,
Seulette suis en langueur malaisée,
Seulette suis plus que nul égarée,
Seulette suis sans ami demeurée.

Seulette suis à porte ou à fenêtre,
Seulette suis en un angle mussée,
Seulette suis pour moi de pleurs repaître,
Seulette suis dolente ou apaisée,
Seulette suis et rien tant ne m'agrée,
Seulette suis en ma chambre enserrée,
Seulette suis sans ami demeurée.

Seulette suis partout et en tout aître,
Seulette suis marchant ou arrêtée,
Seulette suis plus qu'autre rien terrestre,
Seulette suis de chacun délaissée,
Seulette suis durement abaissée,
Seulette suis souvent tout éplorée,
Seulette suis sans ami demeurée.

ENVOI

Prince, voici ma douleur commencée :
Seulette suis de tout deuil menacée,
Seulette suis plus sombre que dorée,
Seulette suis sans ami demeurée.

Ballades
(extrait)

Ma douce amour, ma plaisance chérie,
Mon ami cher, tout ce que puis aimer,
Votre douceur m'a de tous maux guérie.
En vérité, je vous peux proclamer
    Fontaine dont tout bien me vient
Qui en paix comme en joye me soutient

Et dont plaisirs m'arrivent à largesse,
Car vous tout seul me tenez en liesse.

L'âcre douleur qui en moi s'est nourrie
Si longuement d'avoir autant aimé,
Votre bonté l'a pleinement tarie.
Or je ne dois me plaindre ni blâmer
    Cette Fortune qui devient
Favorable, si telle se maintient ;
Mise m'avez sur sa voie et adresse,
Car vous tout seul me tenez en liesse.

Ainsi l'Amour, par toute seigneurie,
À tel bonheur m'a voulu réclamer.
Car dire puis, sans nulle flatterie,
Qu'il n'est meilleur même en deçà des mers
    Que vous, m'amour, ainsi le tient
Pour vrai mon cœur qui tout à vous se tient
Et vers rien d'autre son penser ne dresse,
Car vous tout seul me tenez en liesse.

    C'est douce chose que mariage
    — Je le pourrais par moi prouver —
    Pour qui a mari bon et sage
    Comme Dieu me l'a fait trouver.
    Loué soit celui qui sauver
    Me le veuille car son soutien,
    Chaque jour je l'ai éprouvé,
    Et certes, le doux m'aime bien.

La première nuit du mariage,
Dès ce moment, j'ai pu juger
Sa bonté, car aucun outrage
Ne tenta qui me dût blesser.
Et avant le temps du lever
Cent fois me baisa, m'en souviens,
Sans vilenie dérober,
Et certes, le doux m'aime bien.

Il parlait cet exquis langage :
« Dieu m'a fait vers vous arriver,
Tendre amie, et pour votre usage,
Je crois, il voulut m'élever. »
Ainsi ne cessa de rêver
Toute la nuit en tel maintien,
Sans nullement en dévier,
Et certes, le doux m'aime bien.

ENVOI

Prince, d'amour peut m'affoler
Quand il me dit qu'il est tout mien ;
De douceur me fera crever,
Et certes, le doux m'aime bien.

[...]

Charles d'Orléans
(1394-1465)

Chanson

Ma seule amour, ma joie et ma maîtresse,
Puisqu'il me faut loin de vous demeurer,
Je n'ai plus rien à me réconforter,
Qu'un souvenir pour retenir liesse.

En allégeant, par Espoir, ma détresse,
Me conviendra le temps ainsi passer,
Ma seule amour, ma joie et ma maîtresse,
Puisqu'il me faut loin de vous demeurer.

Car mon las cœur, tout garni de tristesse,
S'en est voulu avecques vous aller ;
Ne je ne puis jamais le recouvrer,
Jusque verrai votre belle jeunesse,
Ma seule amour, ma joie et ma maîtresse.

Rondel

Ma Dame, tant qu'il vous plaira
De me faire mal endurer,
Mon cœur est prêt de le porter,
Jamais ne le refusera.

En espérant qu'il guérira,
En cet état veut demeurer,
Ma Dame, tant qu'il vous plaira
De me faire mal endurer.

Une fois pitié vous prendra,
Quand seulement voudrez penser
Que c'est pour loyaument aimer
Votre beauté qu'il servira,
Ma Dame, tant qu'il vous plaira.

Chanson

Que me conseillez-vous, mon cœur ?
Irai-je par-devers la belle,
Lui dire la peine mortelle
Que souffrez pour elle en douleur ?

Pour votre bien et son honneur,
C'est droit que votre conseil cèle.

Charles d'Orléans

Que me conseillez-vous, mon cœur,
Irai-je par-devers la belle ?

Si pleine la sais de douceur
Que trouverai merci en elle.
Tôt en aurez bonne nouvelle.
J'y vais, n'est-ce pour le meilleur ?
Que me conseillez-vous, mon cœur ?

XVIe siècle

Marguerite de Navarre
(1492-1549)

Stances amoureuses

Nos deux corps sont en toi, je ne sers plus que d'ombre ;
Nos amis sont à toi, je ne sers que de nombre.
Las ! puisque tu es tout et que je ne suis rien,
Je n'ai rien, ne t'ayant, ou j'ai tout au contraire.
Avoir et tout et rien, comment se peut-il faire ?
C'est que j'ai tous les maux et je n'ai point de bien.

[...]

Clair soleil de mes yeux, si je n'ai ta lumière,
Une aveugle nuée ennuite ma paupière,
Une pluie de pleurs découle de mes yeux.
Les clairs éclairs d'Amour, les éclats de sa foudre,
Entrefendent mes nuits et m'écrasent en poudre :
Quand j'entonne mes cris, lors j'étonne les cieux.

Marguerite de Navarre

Belle âme de mon corps, bel esprit de mon âme,
Flamme de mon esprit et chaleur de ma flamme,
J'envie à tous les vifs, j'envie à tous les morts.
Ma vie, si tu vis, ne peut être ravie,
Vu que ta vie est plus la vie de ma vie,
Que ma vie n'est pas la vie de mon corps !

Je vis par et pour toi, ainsi que pour moi-même ;
Je vis par et pour moi, ainsi que pour toi-même ;
Nous n'aurons qu'une vie et n'aurons qu'un trépas.
Je ne veux pas ta mort, je désire la mienne,
Mais ma mort est ta mort et ma vie est la tienne ;
Ainsi je veux mourir, et je ne le veux pas !…

Clément Marot
(1496-1544)

Chanson XXX

J'aime le cœur de m'amie,
Sa bonté et sa douceur.
Je l'aime sans infamie,
Et comme un frère la sœur.
Amitié démesurée
N'est jamais bien assurée,
Et met les cœurs en tourment :
Je veux aimer autrement.

Ma mignonne débonnaire,
Ceux qui font tant de clamours,
Ne tâchent qu'à eux complaire
Plus qu'à leurs belles amours.
Laissons-les en leur folie,
Et en leur mélancolie.
Leur amitié cessera,
Sans fin la nôtre sera.

Maurice Scève
(vers 1500 - vers 1560)

Délie

Tant je l'aimai, qu'en elle encor je vis :
Et tant la vis, que malgré moi, je l'aime.
Le sens, et l'âme y furent tant ravis,
Que par l'Œil faut, que le cœur la désaime.
    Est-il possible en ce degré suprême
Que fermeté son outrepas révoque ?
    Tant fut la flamme en nous deux réciproque,
Que mon feu luit, quand le sien clair m'appert.
Mourant le sien, le mien tôt se suffoque.
Et ainsi elle, en se perdant, me perd.

Pernette du Guillet
(vers 1520-1545)

Chansons
(extrait)

Quand vous voyez que l'étincelle
Du chaste amour sous mon aisselle
Vient tous les jours à s'allumer,
Ne me devez-vous bien aimer ?

Quand vous me voyez toujours celle
Qui pour vous souffre et son mal cèle,
Me laissant par lui consumer,
Ne me devez-vous bien aimer ?

Quand vous voyez que pour moins belle
Je ne prends contre vous querelle,
Mais pour mien vous veux réclamer,
Ne me devez-vous bien aimer ?

Quand pour quelque autre amour nouvelle
Jamais ne vous serai cruelle,
Sans aucune plainte former,
Ne me devrez-vous bien aimer ?

Quand vous verrez que sans cautelle[*]
Toujours vous serai été telle
Que le temps pourra l'affirmer,
Ne me devrez-vous bien aimer ?

★

Ô vraie amour dont je suis prise,
Comment m'as-tu si bien apprise
Que de mon Jour tant me contente
Que je n'en espère autre attente
Que celle de ce doux-amer
Pour me guérir du mal d'aimer ?

Du bien j'ai eu la jouissance
Dont il m'a donné connaissance
Pour m'assurer de l'amitié
De laquelle il tient la moitié ;
Doncques est-il plus doux qu'aimer
Pour me guérir du mal d'aimer ?

Hélas ! ami, en ton absence
Je ne puis avoir assurance

---

* ruse

Pernette du Guillet

Que celle dont, pour son plaisir,
Amour cault* me vient dessaisir
Pour me surprendre et désarmer :
Guéris-moi donc du mal d'aimer !

[...]

_____
* rusé

Pontus de Tyard
(1521-1605)

Je vis rougir son blanc poli ivoire
Et cliner plus humainement sa vue,
Quand je lui dis : Si ta rigueur me tue,
En auras-tu, cruelle, quelque gloire ?

Lors je connus, au moins je veux le croire,
Qu'amour l'avait atteinte à l'imprévue :
Car elle, éprise, et doucement émue,
Par un souris me promit la victoire.

Et me laissant baiser sa blanche main,
Me fit recueil si tendrement humain,
Que d'autre bien depuis je n'ai vécu.

Mais éprouvant un trait d'œil, sa douceur
Si vivement me vint toucher au cœur,
Que, pensant vaincre, enfin je fus vaincu.

Joachim du Bellay
(1522-1560)

Les Regrets

91

Ô beaux cheveux d'argent mignonnement retors !
Ô front crêpe et serein ! et vous, face dorée !
Ô beaux yeux de cristal ! ô grand bouche honorée,
Qui d'un large repli retrousses tes deux bords !

Ô belles dents d'ébène ! ô précieux trésors,
Qui faites d'un seul ris toute âme enamourée !
Ô gorge damasquine en cent plis figurée !
Et vous, beaux grands tétins, dignes d'un si beau corps !

Ô beaux ongles dorés ! ô main courte et grassette !
Ô cuisse délicate ! et vous, jambe grossette,
Et ce que je ne puis honnêtement nommer !

Ô beau corps transparent ! ô beaux membres de glace !
Ô divines beautés ! pardonnez-moi, de grâce,
Si, pour être mortel, je ne vous ose aimer.

Ces cheveux d'or…

Ces cheveux d'or sont les liens, Madame,
Dont fut premier ma liberté surprise,
Amour la flamme autour du cœur éprise,
Ces yeux le trait qui me transperce l'âme.

Forts sont les nœuds, âpre et vive la flamme,
Le coup de main à tirer bien apprise,
Et toutefois j'aime, j'adore et prise
Ce qui m'étreint, qui me brûle et entame.

Pour briser donc, pour éteindre et guérir
Ce dur lien, cette ardeur, cette plaie,
Je ne quiers fer, liqueur, ni médecine.

L'heur et plaisir que ce m'est de périr
De telle main ne permet que j'essaie
Glaive tranchant, ni froideur, ni racine.

113
Si notre vie…

Si notre vie est moins qu'une journée
    En l'éternel, si l'an qui fait le tour
    Chasse nos jours sans espoir de retour,
    Si périssable est toute chose née,

Que songes-tu, mon âme emprisonnée ?
    Pourquoi te plaît l'obscur de notre jour,
    Si pour voler en un plus clair séjour,
    Tu as au dos l'aile bien empennée ?

Là est le bien que tout esprit désire,
    Là, le repos où tout le monde aspire,
    Là est l'amour, là, le plaisir encore.

Là, ô mon âme, au plus haut ciel guidée,
    Tu y pourras reconnaître l'Idée
    De la beauté, qu'en ce monde j'adore.

Louise Labé
(1524-1566)

Baise-m'encor, rebaise-moi et baise ;
Donne-m'en un de tes plus savoureux,
Donne-m'en un de tes plus amoureux.
Je t'en rendrai quatre plus chauds que braise.

Las ! Te plains-tu ? Çà, que ce mal j'apaise,
En t'en donnant dix autres doucereux.
Ainsi mêlant nos baisers tant heureux,
Jouissons-nous l'un de l'autre à notre aise.

Lors double vie à chacun en suivra ;
Chacun en soi et son ami vivra.
Permets m'Amour penser quelque folie :

Toujours suis mal, vivant discrètement,
Et ne me puis donner contentement
Si hors de moi ne fais quelque saillie.

★

Louise Labé

Je vis, je meurs ; je me brûle et me noie ;
J'ai chaud extrême en endurant froidure ;
La vie m'est et trop molle et trop dure ;
J'ai grands ennuis entremêlés de joie.

Tout à un coup je vis et je larmoie,
Et en plaisir maint lourd travail j'endure ;
Mon bien s'en va, et à jamais il dure ;
Tout en un coup je sèche et je verdoie.

Ainsi Amour inconstamment me mène ;
Et quand je pense avoir plus de douleur,
Sans y penser je me trouve hors de peine.

Puis quand je crois ma joie être certaine
Et être au haut de mon désiré heur,
Il me remet en mon premier malheur.

★

Ô doux regards, ô yeux pleins de beauté,
Petits jardins pleins de fleurs amoureuses
Où sont d'Amour les flèches dangereuses,
Tant à vous voir mon œil s'est arrêté !

Ô cœur félon, ô rude cruauté,
Tant tu me tiens de façons rigoureuses,
Tant j'ai coulé de larmes langoureuses,
Sentant l'ardeur de mon cœur tourmenté !

Donques, mes yeux, tant de plaisir avez,
Tant de bons tours par ses yeux recevez;
Mais, toi, mon cœur, plus tu les vois s'y plaire,

Plus tu languis, plus tu as de souci.
Or devinez si je suis aise aussi,
Sentant mon œil être à mon cœur contraire.

★

Tant que mes yeux pourront larmes épandre
À l'heur passé avec toi regretter,
Et qu'aux sanglots et soupirs résister
Pourra ma voix, et un peu faire entendre;

Tant que ma main pourra les cordes tendre
Du mignard luth, pour tes grâces chanter;
Tant que l'esprit se voudra contenter
De ne vouloir rien fors que toi comprendre,

Je ne souhaite encore point mourir.
Mais, quand mes yeux je sentirai tarir,
Ma voix cassée, et ma main impuissante,

Et mon esprit en ce mortel séjour
Ne pouvant plus montrer signe d'amante,
Prierai la mort noircir mon plus clair jour.

★

Louise Labé

Depuis qu'Amour cruel empoisonna
Premièrement de son feu ma poitrine,
Toujours brûlai de sa fureur divine,
Qui un seul jour mon cœur n'abandonna.

Quelque travail, dont assez me donna,
Quelque menace et prochaine ruine,
Quelque penser de mort qui tout termine,
De rien mon cœur ardent ne s'étonna.

Tant plus qu'Amour nous vient fort assaillir,
Plus il nous fait nos forces recueillir,
Et toujours frais en ses combats fait être ;

Mais ce n'est pas qu'en rien nous favorise
Cil qui les Dieux et les hommes méprise,
Mais pour plus fort contre les forts paraître.

Pierre de Ronsard
(1524-1585)

Les Amours
VI

Je vous envoie un bouquet, que ma main
Vient de trier de ces fleurs épanouies ;
Qui ne les eût à ce vêpre cueillies,
Chutes à terre elles fussent demain.

Cela vous soit un exemple certain
Que vos beautés, bien qu'elles soient fleuries,
En peu de temps cherront toutes flétries,
Et, comme fleurs, périront tout soudain.

Le temps s'en va, le temps s'en va, ma Dame,
Las ! le temps non, mais nous nous en allons,
Et tôt serons étendus sous la lame.

Et des amours desquelles nous parlons,
Quand serons morts, n'en sera plus nouvelle :
Pour ce aimez-moi, cependant qu'êtes belle.

★

Marie, qui voudrait votre nom retourner,
Il trouverait aimer : aimez-moi donc, Marie,
Votre nom de nature à l'amour vous convie.
À qui trahit Nature il ne faut pardonner.

S'il vous plaît votre cœur pour gage me donner,
Je vous offre le mien : ainsi de cette vie
Nous prendrons les plaisirs, et jamais autre envie
Ne me pourra l'esprit d'une autre emprisonner.

Il faut aimer, maîtresse, au monde quelque chose ;
Celui qui n'aime point, malheureux se propose
Une vie d'un Scythe, et ses jours veut passer

Sans goûter la douceur, des douceurs la meilleure.
Rien n'est doux sans Vénus et sans son fils : à l'heure
Que je n'aimerai plus, puissé-je trépasser.

Quand vous serez bien vieille...

Quand vous serez bien vieille, au soir, à la chandelle,
Assise auprès du feu, dévidant et filant,

Direz, chantant mes vers, en vous émerveillant :
« Ronsard me célébrait du temps que j'étais belle ! »

Lors, vous n'aurez servante oyant telle nouvelle,
Déjà sous le labeur à demi sommeillant,
Qui, au bruit de Ronsard ne s'aille réveillant,
Bénissant votre nom de louange immortelle.

Je serai sous la terre, et, fantôme sans os,
Par les ombres myrteux je prendrai mon repos ;
Vous serez au foyer une vieille accroupie,

Regrettant mon amour et votre fier dédain.
Vivez, si m'en croyez, n'attendez à demain :
Cueillez dès aujourd'hui les roses de la vie.

Madrigal

Si c'est aimer, Madame, et de jour et de nuit
Rêver, songer, penser le moyen de vous plaire,
Oublier toute chose, et ne vouloir rien faire
Qu'adorer et servir la beauté qui me nuit ;
Si c'est aimer de suivre un bonheur qui me fuit,
De me perdre moi-même et d'être solitaire,
Souffrir beaucoup de mal, beaucoup craindre et me taire,
Pleurer, crier merci, et m'en voir éconduit ;
Si c'est aimer de vivre en vous plus qu'en moi-même,

Cacher d'un front joyeux une langueur extrême,
Sentir au fond de l'âme un combat inégal,
Chaud, froid, comme la fièvre amoureuse me traite,
Honteux, parlant à vous, de confesser mon mal ;
Si cela c'est aimer, furieux je vous aime.
Je vous aime, et sais bien que mon mal est fatal.
Le cœur le dit assez, mais la langue est muette.

★

Comme on voit sur la branche au mois de mai la rose,
En sa belle jeunesse, en sa première fleur,
Rendre le ciel jaloux de sa vive couleur,
Quand l'aube de ses pleurs au point du jour l'arrose ;

La grâce dans sa feuille, et l'amour se repose,
Embaumant les jardins et les arbres d'odeur ;
Mais, battue ou de pluie, ou d'excessive ardeur,
Languissante elle meurt, feuille à feuille déclose.

Ainsi en ta première et jeune nouveauté,
Quand la Terre et le Ciel honoraient ta beauté,
La Parque t'a tuée, et cendre tu reposes.

Pour obsèques reçois mes larmes et mes pleurs,
Ce vase plein de lait, ce panier plein de fleurs,
Afin que vif et mort ton corps ne soit que roses.

★

Pierre de Ronsard

Ciel, air et vents, plains et monts découverts,
Tertres vineux et forêts verdoyantes,
Rivages tors et sources ondoyantes,
Taillis rasés et vous, bocages verts,
Antres moussus à demi-front ouverts,
Prés, boutons, fleurs et herbes rousoyantes,
Vallons bossus et plages blondoyantes,
Et vous, rochers, les hôtes de mes vers,
Puisqu'au partir, rongé de soin et d'ire,
À ce bel œil Adieu je n'ai su dire,
Qui près et loin me détient en émoi,
Je vous supplie, Ciel, air, vents, monts et plaines,
Taillis, forêts, rivages et fontaines,
Antres, prés, fleurs, dites-le-lui pour moi.

Remy Belleau
(1528-1577)

La Bergerie
(chanson)

Comme la vigne tendre
Bourgeonnant vient étendre
En menus entrelacs
    Ses petits bras
Et, de façon gentille,
Mollette s'entortille
À l'entour des ormeaux,
À petits nœuds glissante
Sur le ventre rampante
Des prochains arbrisseaux,

Et comme le lierre
En couleuvrant se serre
De maint et maint retour
    Tout à l'entour

Remy Belleau

Du tige et du branchage
De quelque bois sauvage,
Épandant son raisin
Dessus la chevelure
De la verte ramure
Du chêne, son voisin,

Ainsi puissé-je étreindre
Ton beau col et me joindre
Contre l'ivoire blanc
    De ton beau flanc,
Attendant l'escarmouche
De ta langue farouche
Et la douce liqueur
Que ta lèvre mignonne,
Libérale, me donne
Pour enivrer mon cœur.

Sus donc, que je t'embrasse !
Avant, qu'on entrelace
Tout autour de mon col
    Le marbre mol
De tes longs bras, maîtresse :
Puis me baise et me presse
Et me rebaise encor
D'un baiser qui me tire
L'âme quand je soupire
Dessus tes lèvres d'or.

De moi, si je t'approuche,
J'enterai sur ta bouche
Un baiser éternel,
  Continuel :
Puis en cent mille sortes
De bras et de mains fortes
Sur ton col me li'rai
D'un nœud qui longtemps dure
Et par qui je te jure
Qu'en baisant je mourrai.

Si j'ai cet heur, ma vie,
Ni la mort ni l'envie
Ni le somme plus doux
  Ni le courroux
Ni les rudes menaces,
Non pas même les Grâces,
Les vins ni les appas
Des tables ensucrées,
De tes lèvres pourprées
Ne m'arracheraient pas.

Mais sur la bouche tienne
Et toi dessus la mienne.
Languissants, nous mourrions
  Et passerions,
Deux âmes amoureuses,
Les rives tortueuses
Par-dessus la noire eau
Courant dedans la salle

De ce royaume pâle,
En un même bateau.

Là, par les vertes prées
De couleurs diaprées
En ce royaume noir,
     Nous irions voir
Les terres parfumées,
Qui, sans être entamées
Sous le coutre tranchant,
De fécondes mamelles
Les moissons éternelles
Sont toujours épanchant.

Là, toujours y soupire
Un gracieux zéphyre,
Qui d'un vent doucelet,
     Mignardelet,
Se joue et se brandille,
Se branche et se pandille
D'ailerons peinturés,
Sous la forêt myrtine
Et la verte crépine
Des beaux lauriers sacrés.

Là, les lis et les roses
De leurs robes décloses
Font renaître en tout temps
     Un beau printemps,
L'œillet et l'amarante,

Le narcisse et l'acanthe,
Cent mille et mille fleurs
Y naissent, dont l'haleine,
L'air, les bois et la plaine
Embâme de senteurs.

Là, sur la rive herbeuse,
Une troupe amoureuse
Rechante le discours
　　De ses amours :
Une autre, sous l'ombrage
De quelque antre sauvage,
Lamente ses beaux ans,
Mais las ! en ce lieu sombre,
Ce n'est plus rien qu'une ombre
Des images vivants.

Je sais bien qu'à l'entrée
Une troupe sacrée
Clinera devant nous
　　Et, devant tous,
Nous fera cette grâce
De choisir notre place
Dessus de verts gazons,
Tapissés de verveine,
De thym, de marjolaine
Et d'herbeuses toisons.

Je sais qu'il n'y a dame,
Non celle dont la flamme

Vint la flamme tenter
    De Jupiter,
Qui s'offensât, cruelle,
De nous voir devant elle
Nous mettre au plus haut lieu,
Ni celle qui la guerre
Alluma dans sa terre,
Fille de ce grand dieu.

Olivier de Magny
(1529-1561)

Sonnet à Mesme

Ce que j'aime au printemps, je te veux dire, Mesme ;
J'aime à fleurer la rose, et l'œillet, et le thym,
J'aime à faire des vers, et me lever matin,
Pour, au chant des oiseaux, chanter celle que j'aime.

En esté, dans un val, quand le chaud est extresme,
J'aime à baiser sa bouche et toucher son tétin,
Et, sans faire autre effet, faire un petit festin,
Non de chair, mais de fruit, de fraises et de cresme.

Quand l'automne s'approche et le froid vient vers nous,
J'aime avec la chastaigne avoir de bon vin doux,
Et, assis près du feu, faire une chère lie.

En hiver, je ne puis sortir de la maison,
Si n'est au soir, masqué ; mais, en cette saison,
J'aime fort à coucher dans les bras de ma mie.

Étienne Jodelle
(1532-1573)

Comme un qui s'est perdu dans la forêt profonde,
Loin de chemin, d'orée, et d'adresse, et de gens ;
Comme un qui, en la mer grosse d'horribles vents,
Se voit presque engloutir des grandes vagues* de l'onde ;

Comme un qui erre aux champs, lorsque la nuit au
         [monde
Ravit toute clarté, j'avais perdu longtemps
Voie, route et lumière, et presque avec le sens,
Perdu longtemps l'objet où plus mon heur se fonde.

Mais quand on voit, ayant ces maux fini leur tour,
Aux bois, en mer, aux champs, le bout, le port, le jour,
Ce bien présent plus grand que son mal on vient croire :

Moi donc qui ai tout tel en votre absence été,
J'oublie, en revoyant votre heureuse clarté,
Forêt, tourmente et nuit, longue, orageuse et noire.

---

* Texte d'époque : « des grands vagues de l'onde ».

Gabrielle de Coignard
(?-1594)

Perce-moi l'estomac d'une amoureuse flèche,
Brûle tous mes désirs d'un feu étincelant,
Élève mon esprit d'un désir excellent,
Foudroie de ton bras l'obstacle qui l'empêche.

Si le divin brandon de ta flamme me sèche,
Fais sourdre de mes yeux un fleuve ruisselant :
Qu'au plus profond du cœur je porte recelant,
Des traits de ton amour la gracieuse brèche.

Puisque tu n'es qu'amour, ô douce charité,
Puisque pour trop aimer tu nous as mérité
Tant de biens infinis et d'admirables grâces,

Je te veux supplier par ce puissant effort
De l'amour infini qui t'a causé la mort,
Qu'en tes rets amoureux mon âme tu enlaces.

Jean Passerat
(1534-1602)

Villanelle

J'ai perdu ma tourterelle :
Est-ce point celle que j'ois ?
Je veux aller après elle.

Tu regrettes ta femelle ?
Hélas ! ainsi fais-je moi :
J'ai perdu ma tourterelle.

Si ton amour est fidèle,
Aussi est ferme ma foi :
Je veux aller après elle.

Ta plainte se renouvelle ;
Toujours plaindre je me dois ;
J'ai perdu ma tourterelle.

Jean Passerat

En ne voyant plus la belle,
Plus rien de beau je ne vois ;
Je veux aller après elle.

Mort que tant de fois j'appelle,
Prends ce qui se donne à toi :
J'ai perdu ma tourterelle,

Je veux aller après elle.

Philippe Desportes
(1546-1606)

Chanson

Blessé d'une plaie inhumaine,
Loin de tout espoir de secours,
Je m'avance à ma mort prochaine,
Plus chargé d'ennuis que de jours.

Celle qui me brûle en sa glace,
Mon doux fiel, mon mal et mon bien,
Voyant ma mort peinte en ma face,
Feint, hélas ! n'y connaître rien.

Comme un roc à l'onde marine
Elle est dure aux flots de mes pleurs :
Et clôt, de peur d'être bénine,
L'oreille au son de mes douleurs.

D'autant qu'elle poursuit ma vie,
D'ennuis mon service payant,
Je la dirai mon ennemie,
Mais je l'adore en me hayant.

Las ! que ne me puis-je distraire,
Connaissant mon mal, de la voir ?
Ô ciel rigoureux et contraire !
C'est toi qui contrains mon vouloir.

Ainsi qu'au clair d'une chandelle
Le gai papillon voletant,
Va grillant le bout de son aile,
Et perd la vie en s'ébattant :

Ainsi le désir qui m'affole,
Trompé d'un rayon gracieux,
Fait, hélas ! qu'aveugle je vole
Au feu meurtrier de vos beaux yeux.

★

Madame, Amour, Fortune, et tous les Éléments
Animés contre moi, sont bandés pour me nuire ;
Sans plus le doux Sommeil de leurs fers me retire,
Et fait peur à mes maux par ses enchantements.

Ô Songe ! ange divin, sorcier de mes tourments,
Je vois par ta faveur ce que plus je désire :

Tu me fais voir ces yeux qui font que je soupire,
Et fais naître en mon cœur mille contentements.

Mais la rage d'Amour, qui point ne diminue,
Avec tous ses efforts empêche ta venue,
Et ne sens pas souvent ton doux allègement.

Donc, puisqu'il est ainsi, lorsque tu me visites,
Hélas ! Songe amoureux, dure plus longuement,
Afin que tes faveurs ne soient pas si petites.

★

Beaux yeux par qui l'Amour entretient sa puissance,
Qui vous juge mortels se va trop abusant :
Si vous étiez mortels, votre éclair si luisant
Ne me rendrait pas Dieu par sa douce influence.

Donc vous êtes divins, et tirez votre essence
De l'éternel Amour, l'Univers maîtrisant :
Mais d'où vient, s'il est vrai, votre feu si cuisant ?
Car ce qui vient du Ciel ne peut faire nuisance.

Voilà comme en l'esprit de vous je vais pensant,
Puis enfin je résous que le Ciel tout-puissant
Vous a fait ainsi beaux, clairs, fiers et pitoyables :

Non pas que l'âge ingrat mérite de vous voir,
Mais afin de montrer qu'il a bien le pouvoir
De former des Soleils plus que l'autre admirables.

Marguerite de France
(1552-1615)

L'amour ressemble un champ, le laboureur l'amant ;
L'un et l'autre présume, à la fin de l'année,
Selon qu'elle sera mauvaise ou fortunée,
Moissonner le chardon, la paille ou le froment.

La paille est la douceur d'un vain contentement,
Mais le vent la dérobe aussitôt qu'elle est née ;
Le chardon, la rigueur d'une Dame obstinée ;
Et la grâce est le grain qu'on recueille en l'aimant.

L'amant ne peut gagner, pour service qu'il fasse,
Un point d'honneur plus haut qu'être en la bonne grâce
D'une Dame accomplie, objet de sa langueur.

La grâce vient du cœur, et toute autre espérance
S'éloigne du devoir d'honnête récompense.
Que désire-t-on plus en amour que le cœur ?

Agrippa d'Aubigné
(1552-1630)

Guerre ouverte, et non point tant de subtilités ;
C'est aux faibles de cœur qu'il faut un avantage.
Pourquoi me caches-tu le Ciel de ton visage
De ce traître satin, larron de tes beautés ?

Tu caches tout, hormis les deux vives clartés
Qui m'ont percé le cœur, ébloui le courage ;
Tu caches tout, hormis ce qui me fait dommage,
Ces deux brigands, tyrans de tant de libertés ;

Belle, cache les rais de ta divine vue,
Du reste, si tu veux, chemine toute nue,
Que je voie ton front et ta bouche et ta main.

Amour ! que de beautés, que de lys, que de roses !
Mais pourquoi retiens-tu tes pommettes encloses ?
Je t'ai montré mon cœur, au moins montre ton sein.

François de Malherbe
(1555-1628)

*Dessein de quitter une dame
qui ne le contentait que de promesses*

Beauté, mon beau souci, de qui l'âme incertaine
A, comme l'Océan, son flux et son reflux,
Pensez de vous résoudre à soulager ma peine,
Ou je me vais résoudre à ne le souffrir plus.

Vos yeux ont des appas que j'aime et que je prise,
Et qui peuvent beaucoup dessus ma liberté ;
Mais pour me retenir, s'ils font cas de ma prise,
Il leur faut de l'Amour autant que de beauté.

Quand je pense être au point que cela s'accomplisse,
Quelque excuse toujours en empêche l'effet :
C'est la toile sans fin de la femme d'Ulysse,
Dont l'ouvrage du soir au matin se défait.

Madame, avisez-y, vous perdez votre gloire
De me l'avoir promis, et vous rire de moi ;
S'il ne vous en souvient, vous manquez de mémoire,
Et s'il vous en souvient, vous n'avez point de foi.

J'avais toujours fait compte, aimant chose si haute,
De ne m'en séparer qu'avecque le trépas ;
S'il arrive autrement, ce sera votre faute,
De faire des serments et ne les tenir pas.

Sonnet

Beaux et grands bâtiments d'éternelle structure,
Superbes de matière, et d'ouvrages divers,
Où le plus digne roi qui soit en l'univers
Aux miracles de l'art fait céder la nature.

Beau parc, et beaux jardins, qui dans votre clôture,
Avez toujours des fleurs, et des ombrages verts,
Non sans quelque démon qui défend aux hivers
D'en effacer jamais l'agréable peinture.

Lieux qui donnez aux cœurs tant d'aimables désirs,
Bois, fontaines, canaux, si parmi vos plaisirs
Mon humeur est chagrine, et mon visage triste :

Ce n'est point qu'en effet vous n'ayez des appas,
Mais quoi que vous ayez, vous n'avez point Caliste :
Et moi je ne vois rien quand je ne la vois pas.

Sonnet

Il n'est rien de si beau comme Caliste est belle :
C'est une œuvre où Nature a fait tous ses efforts ;
Et notre âge est ingrat qui voit tant de trésors,
S'il n'élève à sa gloire une marque éternelle.

La clarté de son teint n'est pas chose mortelle ;
Le baume est dans sa bouche, et les roses dehors ;
Sa parole et sa voix ressuscitent les morts,
Et l'art n'égale point sa douceur naturelle.

La blancheur de sa gorge éblouit les regards ;
Amour est en ses yeux, il y trempe ses dards,
Et la fait reconnaître un miracle visible.

En ce nombre infini de grâces, et d'appas,
Qu'en dis-tu, ma raison ? crois-tu qu'il soit possible
D'avoir du jugement, et ne l'adorer pas ?

Jean de Lingendes
(1580-1616)

Chanson

Si c'est un crime que l'aimer,
L'on n'en doit justement blâmer
Que les beautés qui sont en elle :
    La faute en est aux dieux
    Qui la firent si belle,
    Mais non pas à mes yeux.

Car elle rend par sa beauté
Les regards et la liberté
Incomparables devant elle :
    La faute en est aux dieux
    Qui la firent si belle,
    Mais non pas à mes yeux.

Je suis coupable seulement
D'avoir beaucoup de jugement,

Ayant beaucoup d'amour pour elle :
>   La faute en est aux dieux
>   Qui la firent si belle,
>   Mais non pas à mes yeux.

Qu'on accuse donc leur pouvoir,
Je ne puis vivre sans la voir,
Ni la voir sans mourir pour elle :
>   La faute en est aux dieux
>   Qui la firent si belle,
>   Mais non pas à mes yeux.

François Maynard
(1582-1646)

La Belle Vieille

Cloris, que dans mon cœur j'ai si longtemps servie
Et que ma passion montre à tout l'univers,
Ne veux-tu pas changer le destin de ma vie,
Et donner de beaux jours à mes derniers hivers ?

N'oppose plus ton deuil au bonheur où j'aspire.
Ton visage est-il fait pour demeurer voilé ?
Sors de ta nuit funèbre, et permets que j'admire
Les divines clartés des yeux qui m'ont brûlé.

Où s'enfuit ta prudence acquise et naturelle ?
Qu'est-ce que ton esprit a fait de sa vigueur ?
La folle vanité de paraître fidèle
Aux cendres d'un jaloux m'expose à ta rigueur.

François Maynard

Eusses-tu fait le vœu d'un éternel veuvage
Pour l'honneur du mari que ton lit a perdu,
Et trouvé des Césars dans ton haut parentage,
Ton amour est un bien qui m'est justement dû.

Qu'on a vu revenir de malheurs et de joies,
Qu'on a vu trébucher de peuples et de rois,
Qu'on a pleuré d'Hectors, qu'on a brûlé de Troies,
Depuis que mon courage a fléchi sous tes lois !

Ce n'est pas d'aujourd'hui que je suis ta conquête :
Huit lustres ont suivi le jour que tu me pris,
Et j'ai fidèlement aimé ta belle tête
Sous des cheveux châtains et sous des cheveux gris.

C'est de tes jeunes yeux que mon ardeur est née ;
C'est de leurs premiers traits que je fus abattu ;
Mais tant que tu brûlas du flambeau d'hyménée,
Mon amour se cacha pour plaire à ta vertu.

Je sais de quel respect il faut que je t'honore,
Et mes ressentiments ne l'ont pas violé.
Si quelquefois j'ai dit le soin qui me dévore,
C'est à des confidents qui n'ont jamais parlé.

Pour adoucir l'aigreur des peines que j'endure,
Je me plains aux rochers et demande conseil
À ces vieilles forêts dont l'épaisse verdure
Fait de si belles nuits en dépit du soleil.

François Maynard

L'âme pleine d'amour et de mélancolie,
Et couché sur des fleurs et sous des orangers,
J'ai montré ma blessure aux deux mers d'Italie
Et fait dire ton nom aux échos étrangers.

Ce fleuve impérieux à qui tout fit hommage,
Et dont Neptune même endura le mépris,
A su qu'en mon esprit j'adorais ton image
Au lieu de chercher Rome en ses vastes débris.

Cloris, la passion que mon cœur t'a jurée
Ne trouve point d'exemple aux siècles les plus vieux.
Amour et la Nature admirent la durée
Du feu de mes désirs et du feu de tes yeux.

La beauté qui te suit depuis ton premier âge
Au déclin de tes jours ne te veut pas laisser :
Et le temps, orgueilleux d'avoir fait ton visage,
En conserve l'éclat et craint de l'effacer.

Regarde sans frayeur la fin de toutes choses ;
Consulte le miroir avec des yeux contents :
On ne voit point tomber ni tes lys ni tes roses,
Et l'hiver de ta vie est ton second printemps.

Pour moi, je cède aux ans ; et ma tête chenue
M'apprend qu'il faut quitter les hommes et le jour.
Mon sang se refroidit, ma force diminue,
Et je serais sans feu si j'étais sans amour.

François Maynard

C'est dans peu de matins que j'accroîtrai le nombre
De ceux à qui la Parque a ravi la clarté.
On entendra souvent la plainte de mon Ombre
Accuser tes mépris de m'avoir mal traité.

Que feras-tu, Cloris, pour honorer ma cendre ?
Pourras-tu sans regret ouïr parler de moi ?
Et le Mort que tu plains te pourra-t-il défendre
De blâmer ta rigueur, et de louer ma foi ?

Si je voyais la fin de l'âge qui te reste,
Ma raison tomberait sous l'excès de mon deuil :
Je pleurerais sans cesse un malheur si funeste,
Et ferais, jour et nuit, l'Amour à ton cercueil.

XVIIe siècle

Vincent Voiture
(1597-1648)

Des portes du matin…

Des portes du matin l'Amante de Céphale
Ses roses épandait dans le milieu des airs,
Et jetait sur les Cieux nouvellement ouverts,
Ces traits d'or et d'azur qu'en naissant elle étale,

Quand la Nymphe divine, à mon repos fatale,
Apparut, et brilla de tant d'attraits divers,
Qu'il semblait qu'elle seule éclairait l'Univers,
Et remplissait de feux la rive orientale.

Le Soleil se hâtant pour la gloire des Cieux,
Vint opposer sa flamme à l'éclat de ses yeux,
Et prit tous les rayons dont l'Olympe se dore.

L'onde, la terre, et l'air s'allumaient à l'entour :
Mais auprès de Philis on le prit pour l'Aurore,
Et l'on crut que Philis était l'Astre du jour.

Stances

Je me meurs tous les jours en adorant Sylvie,
   Mais dans les maux dont je me sens périr,
      Je suis si content de mourir
   Que ce plaisir me redonne la vie.

Quand je songe aux beautés par qui je suis la proie
   De tant d'ennuis qui me vont tourmentant,
      Ma tristesse me rend content
   Et fait en moi les effets de la joie.

Les plus beaux yeux du monde ont jeté dans mon âme
   Le feu divin qui me rend bienheureux ;
      Que je vive ou meure pour eux,
   J'aime à brûler d'une si belle flamme.

Que si dans cet état quelque doute m'agite,
   C'est de penser que dans tous mes tourments
      J'ai de si grands contentements
   Que cela seul m'en ôte le mérite.

Vincent Voiture

Ceux qui font en aimant des plaintes éternelles
    Ne doivent pas être bien amoureux,
      Amour rend tous les siens heureux.
    Et dans les maux couronne ses fidèles.

Tandis qu'un feu secret me brûle et me dévore,
    J'ai des plaisirs à qui rien n'est égal,
      Et je vois au fort de mon mal
    Les cieux ouverts dans les yeux que j'adore.

Une divinité de mille attraits pourvue
    Depuis longtemps tient mon cœur en ses fers,
      Mais tous les maux que j'ai soufferts
    N'égalent point le bien de l'avoir vue.

Stances écrites de la main gauche

sur un feuillet des mêmes tablettes,
qui regardait un miroir mis devant l'ouverture

Quand je me plaindrais nuit et jour
De la cruauté de mes peines,
Et quand du pur sang de mes veines
Je vous écrirais mon amour,

Si vous ne voyez à l'instant
Le bel objet qui l'a fait naître,

83

Vincent Voiture

Vous ne le pourrez reconnaître,
Ni croire que je souffre tant.

En vos yeux, mieux qu'en mes écrits,
Vous verrez l'ardeur de mon âme,
Et les rayons de cette flamme
Dont pour vous je me trouve épris.

Vos beautés vous le feront voir
Bien mieux que je ne le puis dire :
Et vous ne sauriez bien lire
Que dans la glace d'un miroir.

Guillaume Colletet
(1598-1659)

Sonnet
Les Beautés empruntées

Vous devez les appas qui vous rendent si belle,
Aux puissantes faveurs de nature et des dieux ;
Vous devez au soleil la splendeur de vos yeux
Et votre teint de rose à la rose nouvelle.

Vous devez à Junon votre grâce immortelle,
Vos belles mains d'albâtre à l'Aurore des cieux ;
Vous devez à Thétis vos pieds impérieux,
Et votre renommée à ma Muse éternelle.

Si vous rendez un jour ce que vous empruntez,
Aux rayons du soleil l'éclat de vos beautés,
Votre teint à ces fleurs que le printemps anime,

Votre grâce à Junon, à l'Aurore vos mains,
Vos beaux pieds à Thétis, votre gloire à ma rime,
Il ne vous restera que vos petits dédains.

Sur la fin de son cours le soleil sommeillait
Et déjà ses coursiers abordaient la marine,
Quand Élise passa dans un char qui brillait

Tristan L'Hermite
(1601 ?-1655)

La Belle Crépusculaire

Sur la fin de son cours le soleil sommeillait
Et déjà ses coursiers abordaient la marine,
Quand Élise passa dans un char qui brillait
De la seule splendeur de sa beauté divine.

Mille appas éclatants qui font un nouveau jour
Et qui sont couronnés d'une grâce immortelle,
Les rayons de la gloire et les feux de l'amour,
Éblouissaient la vue et brûlaient avec elle.

Je regardais coucher le bel astre des cieux
Lorsque ce grand éclat me vint frapper les yeux,
Et de cet accident ma raison fut surprise.

Mon désordre fut grand, je ne le cèle pas ;
Voyant baisser le jour et rencontrant Élise
Je crus que le soleil revenait sur ses pas.

Pierre Corneille
(1606-1684)

Stances à Marquise

Marquise, si mon visage
A quelques traits un peu vieux,
Souvenez-vous qu'à mon âge
Vous ne vaudrez guère mieux.

Le temps aux plus belles choses
Se plaît à faire un affront;
Il saura faner vos roses
Comme il a ridé mon front.

Le même cours des planètes
Règle nos jours et nos nuits :
On m'a vu ce que vous êtes;
Vous serez ce que je suis.

Cependant j'ai quelques charmes
Qui sont assez éclatants
Pour n'avoir pas trop d'alarmes
De ces ravages du temps.

Vous en avez qu'on adore,
Mais ceux que vous méprisez
Pourraient bien durer encore
Quand ceux-là seront usés.

Ils pourront sauver la gloire
Des yeux qui me semblent doux
Et dans mille ans faire croire
Ce qu'il me plaira de vous.

Chez cette race nouvelle
Où j'aurai quelque crédit,
Vous ne passerez pour belle
Qu'autant que je l'aurai dit.

Pensez-y, belle Marquise :
Quoiqu'un grison fasse effroi,
Il vaut bien qu'on le courtise
Quand il est fait comme moi.

Jean de La Fontaine
(1621-1695)

Éloge de l'Amour

Tout l'Univers obéit à l'Amour ;
Belle Psyché, soumettez-lui votre âme.
Les autres dieux à ce dieu font la cour,
Et leur pouvoir est moins doux que sa flamme.
Des jeunes cœurs c'est le suprême bien :
Aimez, aimez ; tout le reste n'est rien.

Sans cet Amour, tant d'objets ravissants,
Lambris dorés, bois, jardins, et fontaines,
N'ont point d'appas qui ne soient languissants,
Et leurs plaisirs sont moins doux que ses peines
Des jeunes cœurs c'est le suprême bien :
Aimez, aimez ; tout le reste n'est rien.

Jean de La Fontaine

Élégie Troisième

Me voici rembarqué sur la mer amoureuse,
Moi pour qui tant de fois elle fut malheureuse,
Qui ne suis pas encor du naufrage essuyé,
Quitte à peine d'un vœu nouvellement payé.
Que faire ? Mon destin est tel qu'il faut que j'aime.
On m'a pourvu d'un cœur peu content de lui-même,
Inquiet, et fécond en nouvelles amours :
Il aime à s'engager, mais non pas pour toujours.
Si faut-il une fois brûler d'un feu durable ;
Que le succès en soit funeste ou favorable,
Qu'on me donne sujet de craindre ou d'espérer,
Perte ou gain, je me veux encore aventurer.
Si l'on ne suit l'Amour, il n'est douceur aucune :
Ce n'est point près des rois que l'on fait sa fortune ;
Quelque ingrate beauté qui nous donne des lois,
Encore en tire-t-on un souris quelquefois ;
Et, pour me rendre heureux, un souris peut suffire.
Clymène, vous pouvez me donner un empire,
Sans que vous m'accordiez qu'un regard d'un instant :
Tiendra-t-il à vos yeux que je ne sois content ?
Hélas ! qu'il est aisé de se flatter soi-même !
Je me propose un bien dont le prix est extrême,
Et ne sais seulement s'il m'est permis d'aimer.
Pourquoi non, s'il vous est permis de me charmer ?
Je verrai les Plaisirs suivre en foule vos traces,
Votre bouche sera la demeure des Grâces,
Mille dons près de vous me viendront partager ;

Et mille feux chez moi ne viendront pas loger !
Et je ne mourrai pas ! Non, Clymène, vos charmes
Ne paraîtront jamais sans me donner d'alarmes ;
Rien ne peut empêcher que je n'aime aussitôt.
Je veux brûler, languir, et mourir s'il le faut :
Votre aveu là-dessus ne m'est pas nécessaire.
Si pourtant vous aimer, Clymène, était vous plaire,
Que je serais heureux ! quelle gloire, quel bien !
Hors l'honneur d'être à vous je ne demande rien.
Consentez seulement de vous voir adorée :
Il n'est condition des mortels révérée
Qui ne me soit alors un objet de mépris.
Jupiter, s'il quittait le céleste pourpris,
Ne m'obligerait pas à lui céder ma peine.
Je suis plus satisfait de ma nouvelle chaîne
Qu'il ne l'est de sa foudre. Il peut régner là-haut :
Vous servir ici-bas, c'est tout ce qu'il me faut.
Pour me récompenser, avouez-moi pour vôtre ;
Et, si le Sort voulait me donner à quelque autre,
Dites : « Je le réclame ; il vit dessous ma loi :
Je vous en avertis, cet esclave est à moi ;
Du pouvoir de mes traits son cœur porte la marque,
N'y touchez point. » Alors je me croirai monarque.
J'en sais de bien traités, d'autres il en est peu :
Je serai plus roi qu'eux après un tel aveu.
Daignez donc approuver les transports de mon zèle ;
Il vous sera permis après d'être cruelle.
De ma part, le respect et les soumissions,
Les soins, toujours enfants des fortes passions,

Les craintes, les soucis, les fréquentes alarmes,
L'ordinaire tribut des soupirs et des larmes,
Et, si vous le voulez, mes langueurs, mon trépas,
Clymène, tous ces biens ne vous manqueront pas.

Les Deux Pigeons

Deux pigeons s'aimaient d'amour tendre.
L'un d'eux, s'ennuyant au logis,
Fut assez fou pour entreprendre
Un voyage en lointain pays.
L'autre lui dit : « Qu'allez-vous faire ?
Voulez-vous quitter votre frère ?
L'absence est le plus grand des maux :
Non pas pour vous, cruel. Au moins, que les travaux,
Les dangers, les soins du voyage,
Changent un peu votre courage.
Encor si la saison s'avançait davantage !
Attendez les zéphyrs. Qui vous presse ? Un corbeau
Tout à l'heure annonçait malheur à quelque oiseau.
Je ne songerai plus que rencontre funeste,
Que faucons, que réseaux. Hélas ! dirai-je, il pleut,
Mon frère a-t-il tout ce qu'il veut,
Bon souper, bon gîte, et le reste ? »
Ce discours ébranla le cœur
De notre imprudent voyageur,
Mais le désir de voir et l'humeur inquiète

L'emportèrent enfin. Il dit : « Ne pleurez point :
Trois jours au plus rendront mon âme satisfaite ;
Je reviendrai dans peu conter de point en point
    Mes aventures à mon frère.
Je le désennuierai : quiconque ne voit guère
N'a guère à dire aussi. Mon voyage dépeint
    Vous sera d'un plaisir extrême.
Je dirai : J'étais là ; telle chose m'advint.
    Vous y croirez être vous-même. »
À ces mots, en pleurant, ils se dirent adieu.
Le voyageur s'éloigne ; et voilà qu'un nuage
L'oblige de chercher retraite en quelque lieu :
Un seul arbre s'offrit, tel encor que l'orage
Maltraita le pigeon en dépit du feuillage.
L'air devenu serein, il part tout morfondu,
Sèche du mieux qu'il peut son corps chargé de pluie,
Dans un champ à l'écart voit du blé répandu,
Voit un pigeon auprès : cela lui donne envie.
Il y vole, il est pris : ce blé couvrait d'un lacs
    Les menteurs et traîtres appas.
Le lacs était usé ; si bien que de son aile,
De ses pieds, de son bec, l'oiseau le rompt enfin.
Quelque plume y périt, et le pis du destin
Fut qu'un certain vautour à la serre cruelle
Vit notre malheureux qui, traînant la ficelle
Et les morceaux du lacs qui l'avait attrapé,
    Semblait un forçat échappé.
Le vautour s'en allait le lier, quand des nues
Fond à son tour un aigle aux ailes étendues.

Le pigeon profita du conflit des voleurs,
S'envola, s'abattit auprès d'une masure,
 Crut pour ce coup que ses malheurs
 Finiraient par cette aventure ;
Mais un fripon d'enfant (cet âge est sans pitié)
Prit sa fronde, et du coup tua plus d'à moitié
 La volatile malheureuse,
 Qui, maudissant sa curiosité,
 Traînant l'aile et tirant le pié,
 Demi-morte et demi-boiteuse,
 Droit au logis s'en retourna :
 Que bien que mal elle arriva
 Sans autre aventure fâcheuse.
Voilà nos gens rejoints ; et je laisse à juger
De combien de plaisirs ils payèrent leurs peines.
Amants, heureux amants, voulez-vous voyager ?
 Que ce soit aux rives prochaines.
Soyez-vous l'un à l'autre un monde toujours beau,
 Toujours divers, toujours nouveau ;
Tenez-vous lieu de tout, comptez pour rien le reste.
J'ai quelquefois aimé : je n'aurais pas alors
 Contre le Louvre et ses trésors,
Contre le firmament et sa voûte céleste,
 Changé les bois, changé les lieux
Honorés par les pas, éclairés par les yeux
 De l'aimable et jeune bergère
 Pour qui, sous le fils de Cythère,
Je servis, engagé par mes premiers serments.
Hélas ! quand reviendront de semblables moments ?

Jean de La Fontaine

Faut-il que tant d'objets si doux et si charmants
Me laissent vivre au gré de mon âme inquiète ?
Ah ! si mon cœur osait encor se renflammer !
Ne sentirai-je plus de charme qui m'arrête ?
  Ai-je passé le temps d'aimer ?

Molière
(1622-1673)

Stances galantes

Souffrez qu'Amour cette nuit vous réveille ;
Par mes soupirs laissez-vous enflammer ;
Vous dormez trop, adorable merveille,
Car c'est dormir que de ne point aimer.

Ne craignez rien ; dans l'amoureux empire
Le mal n'est pas si grand que l'on le fait
Et, lorsqu'on aime et que le cœur soupire,
Son propre mal souvent le satisfait.

Le mal d'aimer, c'est de vouloir le taire :
Pour l'éviter, parlez en ma faveur.
Amour le veut, n'en faites point mystère.
Mais vous tremblez, et ce dieu vous fait peur !

Peut-on souffrir une plus douce peine ?
Peut-on subir une plus douce loi ?
Qu'étant des cœurs la douce souveraine,
Dessus le vôtre Amour agisse en roi ;

Rendez-vous donc, ô divine Amarante !
Soumettez-vous aux volontés d'Amour ;
Aimez pendant que vous êtes charmante,
Car le temps passe et n'a point de retour.

Marie-Catherine-Hortense de Villedieu
(1632-1683)

Jouissance

Aujourd'hui, dans tes bras, j'ai demeuré pâmée,
Aujourd'hui, cher Tirsis, ton amoureuse ardeur
Triomphe impunément de toute ma pudeur
Et je cède aux transports dont mon âme est charmée.

Ta flamme et ton respect m'ont enfin désarmée ;
Dans nos embrassements, je mets tout mon bonheur
Et je ne connais plus de vertu ni d'honneur
Puisque j'aime Tirsis et que j'en suis aimée.

Ô vous, faibles esprits, qui ne connaissez pas
Les plaisirs les plus doux que l'on goûte ici-bas,
Apprenez les transports dont mon âme est ravie !

Une douce langueur m'ôte le sentiment,
Je meurs entre les bras de mon fidèle Amant,
Et c'est dans cette mort que je trouve la vie.

Antoinette Deshoulières
(1637-1694)

Stances

Agréables transports qu'un tendre amour inspire,
Désirs impatients, qu'êtes-vous devenus ?
Dans le cœur du berger pour qui le mien soupire.
    Je vous cherche, je vous désire,
    Et je ne vous retrouve plus.

Son rival est absent, et la nuit qui s'avance
Pour la troisième fois a triomphé du jour,
Sans qu'il ait profité de cette heureuse absence ;
    Avec si peu d'impatience,
    Hélas ! on n'a guère d'amour.

Il ne sent plus pour moi ce qu'on sent quand on aime ;
L'infidèle a passé sous de nouvelles lois.
Il me dit bien encor que son mal est extrême ;

Mais il ne le dit plus de même
Qu'il me le disait autrefois.

Revenez dans mon cœur, paisible indifférence
Que l'amour a changée en de cuisants soucis.
Je ne reconnais plus sa fatale puissance ;
   Et, grâce à tant de négligence,
   Je ne veux plus aimer Tircis.

Je ne veux plus l'aimer ! Ah ! discours téméraire !
Voudrais-je éteindre un feu qui fait tout mon bonheur ?
Amour, redonnez-lui le dessein de me plaire :
   Mais, quoi que l'ingrat puisse faire,
   Ne sortez jamais de mon cœur.

XVIIIᵉ siècle

Voltaire
(1694-1778)

Stances à Madame du Châtelet

Si vous voulez que j'aime encore,
Rendez-moi l'âge des amours ;
Au crépuscule de mes jours
Rejoignez, s'il se peut, l'aurore.

Des beaux lieux où le dieu du vin
Avec l'Amour tient son empire,
Le Temps, qui me prend par la main,
M'avertit que je me retire.

De son inflexible rigueur
Tirons au moins quelque avantage.
Qui n'a pas l'esprit de son âge
De son âge a tout le malheur.

Voltaire

Laissons à la belle jeunesse
Ses folâtres emportements :
Nous ne vivons que deux moments ;
Qu'il en soit un pour la sagesse.

Quoi ! pour toujours vous me fuyez,
Tendresse, illusion, folie,
Dons du ciel qui me consoliez
Des amertumes de la vie !

On meurt deux fois, je le vois bien ;
Cesser d'aimer et d'être aimable,
C'est une mort insupportable :
Cesser de vivre, ce n'est rien.

Ainsi je déplorais la perte
Des erreurs de mes premiers ans,
Et mon âme au désir ouverte
Regrettait ses égarements.

Du ciel alors, daignant descendre,
L'Amitié vint à mon secours ;
Elle était peut-être aussi tendre,
Mais moins vive que les amours.

Touché de sa beauté nouvelle,
Et de sa lumière éclairé,
Je la suivis ; mais je pleurai
De ne pouvoir plus suivre qu'elle.

Jean-Pierre Claris de Florian
(1755-1794)

Plaisir d'amour

Plaisir d'amour ne dure qu'un moment,
Chagrin d'amour dure toute la vie.

J'ai tout quitté pour l'ingrate Sylvie,
Elle me quitte et prend un autre amant.
Plaisir d'amour ne dure qu'un moment,
Chagrin d'amour dure toute la vie.

Tant que cette eau coulera lentement
Vers le ruisseau qui borde la prairie,
Je t'aimerai, me répétait Sylvie ;
L'eau coule encore, elle a changé pourtant !

Plaisir d'amour ne dure qu'un moment,
Chagrin d'amour dure toute la vie.

André Chénier
(1762-1794)

Jeune fille, ton cœur avec nous veut se taire.
Tu fuis, tu ne ris plus ; rien ne saurait te plaire.
La soie à tes travaux offre en vain des couleurs ;
L'aiguille sous tes doigts n'anime plus des fleurs.
Tu n'aimes qu'à rêver, muette, seule, errante,
Et la rose pâlit sur ta bouche mourante.
Ah ! mon œil est savant et depuis plus d'un jour,
Et ce n'est pas à moi qu'on peut cacher l'amour.
Les belles font aimer ; elles aiment. Les belles
Nous charment tous. Heureux qui peut être aimé d'elles !
Sois tendre, même faible (on doit l'être un moment),
Fidèle, si tu peux. Mais conte-moi comment,
Quel jeune homme aux yeux bleus, empressé sans
                                            [audace,
Aux cheveux noirs, au front plein de charme et de
                                            [grâce…
Tu rougis ? On dirait que je t'ai dit son nom.
Je le connais pourtant. Autour de ta maison

108

C'est lui qui va, qui vient ; et, laissant ton ouvrage,
Tu cours, sans te montrer, épier son passage.
Il fuit vite ; et ton œil, sur sa trace accouru,
Le suit encor longtemps quand il a disparu.
Nul, en ce bois voisin où trois fêtes brillantes
Font voler au printemps nos nymphes triomphantes,
Nul n'a sa noble aisance et son habile main
À soumettre un coursier aux volontés du frein.

★

Ah ! portons dans les bois ma triste inquiétude.
Ô Camille ! l'amour aime la solitude.
Ce qui n'est point Camille est un ennui pour moi.
Là, seul, celui qui t'aime est encore avec toi.
Que dis-je ? Ah ! seul et loin d'une ingrate chérie,
Mon cœur sait se tromper. L'espoir, la rêverie,
La belle illusion la rendent à mes feux,
Mais sensible, mais tendre, et comme je la veux :
De ses refus d'apprêt oubliant l'artifice,
Indulgente à l'amour, sans fierté, sans caprice,
De son sexe cruel n'ayant que les appas.
Je la feins quelquefois attachée à mes pas ;
Je l'égare et l'entraîne en des routes secrètes ;
Absente, je la tiens en des grottes muettes…
Mais présente, à ses pieds m'attendent les rigueurs,
Et, pour des songes vains, de réelles douleurs.
Camille est un besoin dont rien ne me soulage ;
Rien à mes yeux n'est beau que de sa seule image.

André Chénier

Près d'elle, tout, comme elle, est touchant, gracieux ;
Tout est aimable et doux, et moins doux que ses yeux ;
Sur l'herbe, sur la soie, au village, à la ville,
Partout, reine ou bergère, elle est toujours Camille,
Et moi toujours l'amant trop prompt à s'enflammer,
Qu'elle outrage, qui l'aime, et veut toujours l'aimer.

XIXᵉ et XXᵉ siècles

Marceline Desbordes-Valmore
(1786-1859)

Jamais adieu

Ne t'en va pas, reste au rivage ;
L'amour le veut, crois-en l'amour.
La mort sépare tout un jour :
Tu fais comme elle ; ah ! quel courage !

Vivre et mourir au même lieu ;
Dire : au revoir, jamais adieu.

Quitter l'amour pour l'opulence !
Que faire seul avec de l'or ?
Si tu reviens, vivrai-je encor ?
Entendras-tu dans mon silence ?

Vivre et mourir au même lieu ;
Dire : au revoir, jamais adieu.

Leur diras-tu : Je suis fidèle !
Ils répondront : Cris superflus ;
Elle repose, et n'entend plus.
Le ciel du moins eut pitié d'elle !

Vivre et mourir au même lieu ;
Dire : au revoir ; jamais adieu.

Les Roses de Saadi

J'ai voulu, ce matin, te rapporter des roses ;
Mais j'en avais tant pris dans mes ceintures closes
Que les nœuds trop serrés n'ont pu les contenir.

Les nœuds ont éclaté. Les roses envolées
Dans le vent, à la mer s'en sont toutes allées.
Elles ont suivi l'eau pour ne plus revenir.

La vague en a paru rouge et comme enflammée :
Ce soir ma robe encore en est tout embaumée...
Respires-en sur moi l'odorant souvenir.

Les Séparés

N'écris pas. Je suis triste, et je voudrais m'éteindre.
Les beaux étés sans toi, c'est la nuit sans flambeau.

J'ai refermé mes bras qui ne peuvent t'atteindre,
Et frapper à mon cœur, c'est frapper au tombeau.
N'écris pas !

N'écris pas. N'apprenons qu'à mourir à nous-mêmes,
Ne demande qu'à Dieu… qu'à toi, si je t'aimais !
Au fond de ton absence écouter que tu m'aimes,
C'est entendre le ciel sans y monter jamais.
N'écris pas !

N'écris pas. Je te crains ; j'ai peur de ma mémoire ;
Elle a gardé ta voix qui m'appelle souvent.
Ne montre pas l'eau vive à qui ne peut la boire.
Une chère écriture est un portrait vivant.
N'écris pas !

N'écris pas ces deux mots que je n'ose plus lire :
Il semble que ta voix les répand sur mon cœur ;
Que je les vois brûler à travers ton sourire ;
Il semble qu'un baiser les empreint sur mon cœur.
N'écris pas !

Prière de femme

Mon saint amour ! mon cher devoir !
Si Dieu m'accordait de te voir,
Ton logis fût-il pauvre et noir,

Trop tendre pour être peureuse,
Emportant ma chaîne amoureuse,
Sais-tu bien qui serait heureuse ?
C'est moi. Pardonnant aux méchants,
Vois-tu, les mille oiseaux des champs
N'auraient mes ailes ni mes chants !

Pour te rapprendre le bonheur,
Sans guide, sans haine, sans peur,
J'irais m'abattre sur ton cœur,
Ou mourir de joie à ta porte :
Ah ! si vers toi Dieu me remporte,
Vivre ou mourir pour toi, qu'importe ?
Mais non ; rendue à ton amour,
Vois-tu, je ne perdrais le jour
Qu'après l'étreinte du retour.

C'est un rêve : il en faut ainsi
Pour traverser un long souci ;
C'est mon cœur qui bat : le voici !
Il monte à toi comme une flamme.
Partage ce rêve, ô mon âme ;
C'est une prière de femme ;
C'est mon souffle en ce triste lieu ;
C'est le ciel depuis notre adieu ;
Prends ; car c'est ma croyance en Dieu !

Qu'en avez-vous fait ?

Vous aviez mon cœur,
Moi, j'avais le vôtre :
Un cœur pour un cœur,
Bonheur pour bonheur !

Le vôtre est rendu,
Je n'en ai plus d'autre ;
Le vôtre est rendu,
Le mien est perdu !

La feuille et la fleur,
Et le fruit lui-même,
La feuille et la fleur,
L'encens, la couleur,

Qu'en avez-vous fait,
Mon Maître suprême ?
Qu'en avez-vous fait,
De ce doux bienfait ?

Comme un pauvre enfant
Quitté par sa mère,
Comme un pauvre enfant
Que rien ne défend,

Vous me laissez là,
Dans ma vie amère,

Marceline Desbordes-Valmore

Vous me laissez là
— Et Dieu voit cela !

Savez-vous qu'un jour
L'homme est seul au monde ?
Savez-vous qu'un jour
Il revoit l'amour ?

Vous appellerez
Sans qu'on vous réponde,
Vous appellerez
Et vous songerez !...

Vous viendrez rêvant
Sonner à ma porte,
Ami comme avant,
Vous viendrez rêvant,

Et l'on vous dira :
« Personne !... elle est morte. »
On vous le dira,
Mais qui vous plaindra ?

Alphonse de Lamartine
(1790-1869)

Le Lac

Ainsi, toujours poussés vers de nouveaux rivages,
Dans la nuit éternelle emportés sans retour,
Ne pourrons-nous jamais sur l'océan des âges
    Jeter l'ancre un seul jour ?

Ô lac ! l'année à peine a fini sa carrière,
Et, près des flots chéris qu'elle devait revoir,
Regarde ! je viens seul m'asseoir sur cette pierre
    Où tu la vis s'asseoir !

Tu mugissais ainsi sous ces roches profondes ;
Ainsi tu te brisais sur leurs flancs déchirés ;
Ainsi le vent jetait l'écume de tes ondes
    Sur ses pieds adorés.

Un soir, t'en souvient-il ? nous voguions en silence ;
On n'entendait au loin, sur l'onde et sous les cieux,
Que le bruit des rameurs qui frappaient en cadence
    Tes flots harmonieux.

Tout à coup des accents inconnus à la terre
Du rivage charmé frappèrent les échos ;
Le flot fut attentif, et la voix qui m'est chère
    Laissa tomber ces mots :

« Ô Temps ! suspends ton vol ; et vous, heures propices,
    Suspendez votre cours !
Laissez-nous savourer les rapides délices
    Des plus beaux de nos jours !

« Assez de malheureux ici-bas vous implorent,
    Coulez, coulez pour eux ;
Prenez avec leurs jours les soins qui les dévorent,
    Oubliez les heureux.

« Mais je demande en vain quelques moments encore.
    Le temps m'échappe et fuit ;
Je dis à cette nuit : Sois plus lente, et l'aurore
    Va dissiper la nuit.

« Aimons donc, aimons donc ! De l'heure fugitive,
    Hâtons-nous, jouissons !
L'homme n'a point de port, le temps n'a point de rive ;
    Il coule, et nous passons ! »

Temps jaloux, se peut-il que ces moments d'ivresse
Où l'amour à longs flots nous verse le bonheur
S'envolent loin de nous de la même vitesse
    Que les jours du malheur ?

Eh quoi ! n'en pourrons-nous fixer au moins la trace !
Quoi ! passés pour jamais ! Quoi ! tout entiers perdus !
Ce temps qui les donna, ce temps qui les efface
    Ne nous les rendra plus !

Éternité, néant, passé, sombres abîmes,
Que faites-vous des jours que vous engloutissez ?
Parlez : nous rendrez-vous ces extases sublimes
    Que vous nous ravissez ?

Ô lacs ! rochers muets ! grottes ! forêt obscure !
Vous, que le temps épargne ou qu'il peut rajeunir,
Gardez de cette nuit, gardez, belle nature,
    Au moins le souvenir.

Qu'il soit dans ton repos, qu'il soit dans tes orages,
Beau lac, et dans l'aspect de tes riants coteaux,
Et dans ces noirs sapins, et dans ces rocs sauvages
    Qui pendent sur tes eaux.

Qu'il soit dans le zéphyr qui frémit et qui passe,
Dans les bruits de tes bords par tes bords répétés,
Dans l'astre au front d'argent qui blanchit ta surface
    De ses molles clartés.

Que le vent qui gémit, le roseau qui soupire,
Que les parfums légers de ton air embaumé,
Que tout ce qu'on entend, l'on voit ou l'on respire,
   Tout dise : « Ils ont aimé ! »

L'Isolement

Souvent sur la montagne, à l'ombre du vieux chêne,
Au coucher du soleil, tristement je m'assieds ;
Je promène au hasard mes regards sur la plaine,
Dont le tableau changeant se déroule à mes pieds.

Ici, gronde le fleuve aux vagues écumantes ;
Il serpente, et s'enfonce en un lointain obscur ;
Là, le lac immobile étend ses eaux dormantes
Où l'étoile du soir se lève dans l'azur.

Au sommet de ces monts couronnés de bois sombres,
Le crépuscule encor jette un dernier rayon ;
Et le char vaporeux de la reine des ombres
Monte, et blanchit déjà les bords de l'horizon.

Cependant, s'élançant de la flèche gothique,
Un son religieux se répand dans les airs ;
Le voyageur s'arrête, et la cloche rustique
Aux derniers bruits du jour mêle de saints concerts.

Alphonse de Lamartine

Mais à ces doux tableaux mon âme indifférente
N'éprouve devant eux ni charme ni transports;
Je contemple la terre ainsi qu'une ombre errante;
Le soleil des vivants n'échauffe plus les morts.

De colline en colline en vain portant ma vue,
Du sud à l'aquilon, de l'aurore au couchant,
Je parcours tous les points de l'immense étendue,
Et je dis : Nulle part le bonheur ne m'attend.

Que me font ces vallons, ces palais, ces chaumières,
Vains objets dont pour moi le charme est envolé?
Fleuves, rochers, forêts, solitudes si chères,
Un seul être vous manque, et tout est dépeuplé!

Victor Hugo
(1802-1885)

Les Contemplations

Elle était déchaussée, elle était décoiffée,
Assise, les pieds nus, parmi les joncs penchants ;
Moi qui passais par là, je crus voir une fée,
Et je lui dis : Veux-tu t'en venir dans les champs ?

Elle me regarda de ce regard suprême
Qui reste à la beauté quand nous en triomphons,
Et je lui dis : Veux-tu, c'est le mois où l'on aime,
Veux-tu nous en aller sous les arbres profonds ?

Elle essuya ses pieds à l'herbe de la rive ;
Elle me regarda pour la seconde fois,
Et la belle folâtre alors devint pensive.
Oh ! comme les oiseaux chantaient au fond des bois !

Comme l'eau caressait doucement le rivage !
Je vis venir à moi, dans les grands roseaux verts,
La belle fille heureuse, effarée et sauvage,
Ses cheveux dans ses yeux, et riant au travers.

*

Pour Jeanne seule

I

Je ne me mets pas en peine
Du clocher ni du beffroi ;
Je ne sais rien de la reine,
Et je ne sais rien du roi ;

J'ignore, je le confesse,
Si le seigneur est hautain,
Si le curé dit la messe
En grec ou bien en latin,

S'il faut qu'on pleure ou qu'on danse,
Si les nids jasent entre eux ;
Mais sais-tu ce que je pense ?
C'est que je suis amoureux.

Sais-tu, Jeanne, à quoi je rêve ?
C'est au mouvement d'oiseau

De ton pied blanc qui se lève
Quand tu passes le ruisseau.

Et sais-tu ce qui me gêne ?
C'est qu'à travers l'horizon,
Jeanne, une invisible chaîne
Me tire vers ta maison.

Et sais-tu ce qui m'ennuie ?
C'est l'air charmant, et vainqueur,
Jeanne, dont tu fais la pluie
Et le beau temps dans mon cœur.

Et sais-tu ce qui m'occupe,
Jeanne ? C'est que j'aime mieux
La moindre fleur de ta jupe
Que tous les astres des cieux.

II

Jeanne chante ; elle se penche
Et s'envole ; elle me plaît ;
Et, comme de branche en branche,
Va de couplet en couplet.

De quoi donc me parlait-elle ?
Avec sa fleur au corset,
Et l'aube dans sa prunelle,
Qu'est-ce donc qu'elle disait ?

Parlait-elle de la gloire,
Des camps, du ciel, du drapeau,
Ou de ce qu'il faut de moire
Au bavolet d'un chapeau ?

Son intention fut-elle
De troubler l'esprit voilé
Que Dieu dans ma chair mortelle
Et frémissante a mêlé ?

Je ne sais. J'écoute encore.
Était-ce psaume ou chanson ?
Les fauvettes de l'aurore
Donnent le même frisson.

J'étais comme en une fête ;
J'essayais un vague essor ;
J'eusse voulu sur ma tête
Mettre une couronne d'or,

Et voir sa beauté sans voiles,
Et joindre à mes jours ses jours,
Et prendre au ciel les étoiles,
Et qu'on vînt à mon secours !

J'étais ivre d'une femme ;
Mal charmant qui fait mourir.
Hélas ! je me sentais l'âme
Touchée et prête à s'ouvrir ;

Car, pour qu'un cerveau se fêle
Et s'échappe en songes vains,
Il suffit du bout de l'aile
D'un de ces oiseaux divins.

C'est parce qu'elle se taisait

Son silence fut mon vainqueur;
C'est ce qui m'a fait épris d'elle.
D'abord je n'avais dans le cœur
Rien qu'un obscur battement d'aile.

Nous allions en voiture au bois,
Seuls tous les soirs, et loin du monde;
Je lui parlais, et d'autres voix
Chantaient dans la forêt profonde.

Son œil était mystérieux.
Il contient, cet œil de colombe,
Le même infini que les cieux,
La même aurore que la tombe.

Elle ne disait rien du tout,
Pensive au fond de la calèche.
Un jour je sentis tout à coup
Trembler dans mon âme une flèche.

Victor Hugo

L'Amour, c'est le je ne sais quoi.
Une femme habile à se taire
Est la caverne où se tient coi
Ce méchant petit sagittaire.

Charles-Augustin Sainte-Beuve
(1804-1869)

Que vient-elle me dire, aux plus tendres instants,
En réponse aux soupirs d'une âme consumée,
Que vient-elle conter, ma folle Bien-Aimée,
De charmes défleuris, de ravages du temps,

De bandeaux de cheveux déjà moins éclatants ?
Qu'a-t-elle à me montrer sur sa tête embaumée,
Comme un peu de jasmin dans l'épaisse ramée,
Quelques rares endroits pâlis dès le printemps ?

Qu'a-t-elle ? dites-moi ! fut-on jamais plus belle ?
Le désir la revêt d'une flamme nouvelle,
Sa taille est de quinze ans, ses yeux gagnent aux pleurs ;

Et, pour mieux couronner ma jeune Fiancée,
Amour qui fait tout bien, docile à ma pensée,
Mêle à ses noirs cheveux quelque neige de fleurs.

Félix Arvers
(1806-1850)

Sonnet

Mon âme a son secret, ma vie a son mystère,
Un amour éternel en un moment conçu :
Le mal est sans espoir, aussi j'ai dû le taire,
Et celle qui l'a fait n'en a jamais rien su.

Hélas ! j'aurai passé près d'elle inaperçu,
Toujours à ses côtés, et pourtant solitaire ;
Et j'aurai jusqu'au bout fait mon temps sur la terre,
N'osant rien demander et n'ayant rien reçu.

Pour elle, quoique Dieu l'ait faite douce et tendre,
Elle suit son chemin, distraite et sans entendre
Ce murmure d'amour élevé sur ses pas.

À l'austère devoir pieusement fidèle,
Elle dira, lisant ces vers tout remplis d'elle :
« Quelle est donc cette femme ? » et ne comprendra pas.

Gérard de Nerval
(1808-1855)

Une allée du Luxembourg

Elle a passé, la jeune fille
Vive et preste comme un oiseau :
À la main une fleur qui brille,
À la bouche un refrain nouveau.

C'est peut-être la seule au monde
Dont le cœur au mien répondrait,
Qui venant dans ma nuit profonde
D'un seul regard l'éclaircirait !

Mais non, — ma jeunesse est finie…
Adieu, doux rayon qui m'a lui, —
Parfum, jeune fille, harmonie…
Le bonheur passait, — il a fui !

Gérard de Nerval

Fantaisie

Il est un air pour qui je donnerais
Tout Rossini, tout Mozart et tout Weber,
Un air très vieux, languissant et funèbre,
Qui pour moi seul a des charmes secrets !

Or, chaque fois que je viens à l'entendre,
De deux cents ans mon âme rajeunit...
C'est sous Louis treize ; et je crois voir s'étendre
Un coteau vert, que le couchant jaunit,

Puis un château de brique à coins de pierre,
Aux vitraux teints de rougeâtres couleurs,
Ceint de grands parcs, avec une rivière
Baignant ses pieds, qui coule entre des fleurs ;

Puis une dame, à sa haute fenêtre,
Blonde aux yeux noirs, en ses habits anciens,
Que, dans une autre existence peut-être,
J'ai déjà vue... et dont je me souviens !

Laisse-moi

Non, laisse-moi, je t'en supplie ;
En vain, si jeune et si jolie,

Tu voudrais ranimer mon cœur :
Ne vois-tu pas, à ma tristesse,
Que mon front pâle et sans jeunesse
Ne doit plus sourire au bonheur ?

Quand l'hiver aux froides haleines
Des fleurs qui brillent dans nos plaines
Glace le sein épanoui,
Qui peut rendre à la feuille morte
Ses parfums que la brise emporte
Et son éclat évanoui ?

Oh ! si je t'avais rencontrée
Alors que mon âme enivrée
Palpitait de vie et d'amours,
Avec quel transport, quel délire
J'aurais accueilli ton sourire
Dont le charme eût nourri mes jours.

Mais à présent, ô jeune fille !
Ton regard, c'est l'astre qui brille
Aux yeux troublés des matelots,
Dont la barque en proie au naufrage,
À l'instant où cesse l'orage
Se brise et s'enfuit sous les flots.

Non, laisse-moi, je t'en supplie ;
En vain, si jeune et si jolie,

Gérard de Nerval

Tu voudrais ranimer mon cœur :
Sur ce front pâle et sans jeunesse
Ne vois-tu pas que la tristesse
A banni l'espoir du bonheur ?

Alfred de Musset
(1810-1857)

Jamais

Jamais, avez-vous dit, tandis qu'autour de nous
Résonnait de Schubert la plaintive musique ;
Jamais, avez-vous dit, tandis que, malgré vous,
Brillait de vos grands yeux l'azur mélancolique.

Jamais, répétiez-vous, pâle et d'un air si doux
Qu'on eût cru voir sourire une médaille antique.
Mais des trésors secrets l'instinct fier et pudique
Vous couvrit de rougeur, comme un voile jaloux.

Quel mot vous prononcez, marquise, et quel dommage !
Hélas ! je ne voyais ni ce charmant visage,
Ni ce divin sourire, en vous parlant d'aimer.

Vos yeux bleus sont moins doux que votre âme n'est
                                                    [belle.

Même en les regardant, je ne regrettais qu'elle,
Et de voir dans sa fleur un tel cœur se fermer.

Sonnet

Que j'aime le premier frisson d'hiver ! le chaume,
Sous le pied du chasseur, refusant de ployer !
Quand vient la pie aux champs que le foin vert
                                              [embaume,
Au fond du vieux château s'éveille le foyer ;

C'est le temps de la ville. — Oh ! lorsque l'an dernier,
J'y revins, que je vis ce bon Louvre et son dôme,
Paris et sa fumée, et tout ce beau royaume
(J'entends encore au vent les postillons crier),

Que j'aimais ce temps gris, ces passants, et la Seine
Sous ses mille falots assise en souveraine !
J'allais revoir l'hiver. — Et toi, ma vie, et toi !

Oh ! dans tes longs regards j'allais tremper mon âme ;
Je saluais tes murs. — Car, qui m'eût dit, madame,
Que votre cœur sitôt avait changé pour moi ?

Alfred de Musset

Chanson de Fortunio

Si vous croyez que je vais dire
    Qui j'ose aimer,
Je ne saurais, pour un empire,
    Vous la nommer.

Nous allons chanter à la ronde,
    Si vous voulez,
Que je l'adore et qu'elle est blonde
    Comme les blés.

Je fais ce que sa fantaisie
    Veut m'ordonner,
Et je puis, s'il lui faut ma vie,
    La lui donner.

Du mal qu'une amour ignorée
    Nous fait souffrir,
J'en porte l'âme déchirée
    Jusqu'à mourir.

Mais j'aime trop pour que je die
    Qui j'ose aimer,
Et je veux mourir pour ma mie
    Sans la nommer.

Alfred de Musset

Se voir le plus possible...

Se voir le plus possible et s'aimer seulement,
Sans ruse et sans détours, sans honte ni mensonge,
Sans qu'un désir nous trompe ou qu'un remords nous
[ronge,
Vivre à deux et donner son cœur à tout moment ;

Respecter sa pensée aussi loin qu'on y plonge,
Faire de son amour un jour au lieu d'un songe,
Et dans cette clarté respirer librement, —
Ainsi respirait Laure et chantait son amant.

Vous dont chaque pas touche à la grâce suprême,
C'est vous, la tête en fleurs, qu'on croirait sans souci,
C'est vous qui me disiez qu'il faut aimer ainsi.

Et c'est moi, vieil enfant du doute et du blasphème,
Qui vous écoute et pense, et vous réponds ceci :
Oui, on vit autrement, mais c'est ainsi qu'on aime.

Théophile Gautier
(1811-1872)

Pour veiner de son front la pâleur délicate,
Le Japon a donné son plus limpide azur ;
La blanche porcelaine est d'un blanc bien moins pur
Que son col transparent et ses tempes d'agate.

Dans sa prunelle humide un doux rayon éclate ;
Le chant du rossignol près de sa voix est dur,
Et, quand elle se lève à notre ciel obscur,
On dirait de la lune en sa robe d'ouate.

Ses yeux d'argent bruni roulent moelleusement.
Le caprice a taillé son petit nez charmant ;
Sa bouche a des rougeurs de pêche et de framboise ;

Ses mouvements sont pleins d'une grâce chinoise,
Et près d'elle on respire autour de sa beauté
Quelque chose de doux comme l'odeur du thé.

Leconte de Lisle
(1818-1894)

Les Roses d'Ispahan

Les roses d'Ispahan dans leur gaine de mousse,
Les jasmins de Mossoul, les fleurs de l'oranger
Ont un parfum moins frais, ont une odeur moins douce,
Ô blanche Leïlah ! que ton souffle léger.

Ta lèvre est de corail, et ton rire léger
Sonne mieux que l'eau vive et d'une voix plus douce,
Mieux que le vent joyeux qui berce l'oranger,
Mieux que l'oiseau qui chante au bord d'un nid de
                                                    [mousse...

Ô Leïlah ! depuis que de leur vol léger
Tous les baisers ont fui de ta lèvre si douce,
Il n'est plus de parfum dans le pâle oranger,
Plus de céleste arôme aux roses dans leur mousse...

Leconte de Lisle

Oh ! que ton jeune amour, ce papillon léger,
Revienne vers mon cœur d'une aile prompte et douce,
Et qu'il parfume encor les fleurs de l'oranger,
Les roses d'Ispahan dans leur gaine de mousse.

Charles Baudelaire
(1821-1867)

Charles Baudelaire
(1821-1867)

L'invitation au voyage

Mon enfant, ma sœur,
Songe à la douceur
D'aller là-bas vivre ensemble !
Aimer à loisir,
Aimer et mourir
Au pays qui te ressemble !
Les soleils mouillés
De ces ciels brouillés
Pour mon esprit ont les charmes
Si mystérieux
De tes traîtres yeux,
Brillant à travers leurs larmes.

Là, tout n'est qu'ordre et beauté,
Luxe, calme et volupté.

Des meubles luisants,
Polis par les ans,
Décoreraient notre chambre ;
Les plus rares fleurs
Mêlant leurs odeurs
Aux vagues senteurs de l'ambre,
Les riches plafonds,
Les miroirs profonds,
La splendeur orientale,
Tout y parlerait
À l'âme en secret
Sa douce langue natale.

Là, tout n'est qu'ordre et beauté,
Luxe, calme et volupté.

Vois sur ces canaux
Dormir ces vaisseaux
Dont l'humeur est vagabonde ;
C'est pour assouvir
Ton moindre désir
Qu'ils viennent du bout du monde.
— Les soleils couchants
Revêtent les champs,
Les canaux, la ville entière,
D'hyacinthe et d'or ;
Le monde s'endort
Dans une chaude lumière.

Charles Baudelaire

Là, tout n'est qu'ordre et beauté,
Luxe, calme et volupté.

La Mort des amants

Nous aurons des lits pleins d'odeurs légères,
Des divans profonds comme des tombeaux,
Et d'étranges fleurs sur des étagères,
Écloses pour nous sous des cieux plus beaux.

Usant à l'envi leurs chaleurs dernières,
Nos deux cœurs seront deux vastes flambeaux,
Qui réfléchiront leurs doubles lumières
Dans nos deux esprits, ces miroirs jumeaux.

Un soir fait de rose et de bleu mystique,
Nous échangerons un éclair unique,
Comme un long sanglot, tout chargé d'adieux ;

Et plus tard un Ange, entrouvrant les portes,
Viendra ranimer, fidèle et joyeux,
Les miroirs ternis et les flammes mortes.

145

Un hémisphère dans une chevelure

Laisse-moi respirer longtemps, longtemps, l'odeur de tes cheveux, y plonger tout mon visage, comme un homme altéré dans l'eau d'une source, et les agiter avec ma main comme un mouchoir odorant, pour secouer des souvenirs dans l'air.

Si tu pouvais savoir tout ce que je vois ! tout ce que je sens ! tout ce que j'entends dans tes cheveux ! Mon âme voyage sur le parfum comme l'âme des autres hommes sur la musique.

Tes cheveux contiennent tout un rêve, plein de voilures et de mâtures ; ils contiennent de grandes mers dont les moussons me portent vers de charmants climats, où l'espace est plus bleu et plus profond, où l'atmosphère est parfumée par les fruits, par les feuilles et par la peau humaine.

Dans l'océan de ta chevelure, j'entrevois un port fourmillant de chants mélancoliques, d'hommes vigoureux de toutes nations et de navires de toutes formes, découpant leurs architectures fines et compliquées sur un ciel immense où se prélasse l'éternelle chaleur.

Dans les caresses de ta chevelure, je retrouve les langueurs des longues heures passées sur un divan, dans la chambre d'un beau navire, bercées par le roulis imperceptible du port, entre les pots de fleurs et les gargoulettes rafraîchissantes.

Dans l'ardent foyer de ta chevelure, je respire l'odeur du tabac mêlé à l'opium et au sucre ; dans la nuit de ta chevelure, je vois resplendir l'infini de l'azur tropical ; sur les rivages duvetés de ta chevelure, je m'enivre des odeurs combinées du goudron, du musc et de l'huile de coco.

Laisse-moi mordre longtemps tes tresses lourdes et noires. Quand je mordille tes cheveux élastiques et rebelles, il me semble que je mange des souvenirs.

Théodore de Banville
(1823-1891)

À mon amie

Hélas ! qu'il fut long, mon amie
    T'en souvient-il ?
Ce temps de douleur endormie,
    Ce noir exil

Pendant lequel, tâchant de naître
    À notre amour,
Nous nous aimions sans nous connaître !
    Oh ! ce long jour,

Cette nuit où nos voix se turent,
    Cieux azurés
Qui voyez notre âme, oh ! qu'ils furent
    Démesurés !

148

J'avais besoin de toi pour vivre :
   Je te voulais.
Fou, je m'en allais pour te suivre,
   Je t'appelais

Et je te disais à toute heure
   Dans mon effroi :
« C'est moi qui te cherche et qui pleure.
   Viens. Réponds-moi. »

Hélas ! dans ma longue démence,
   Dans mon tourment,
J'avais tant souffert de l'immense
   Isolement,

Et de cacher mon mal insigne,
   Émerveillé
De gémir tout seul, comme un cygne
   Dépareillé ;

J'étais si triste de sourire
   Aux vains hochets
Dont s'était bercé mon délire ;
   Et je marchais,

Si las d'être seul sous la nue,
   Triste ou riant,
Que je ne t'ai plus reconnue,
   En te voyant.

Et je t'ai blessée et meurtrie,
    Et je n'ai pas,
Au seuil de la chère patrie,
    Baisé les pas

De l'ange qui dans la souffrance
    A combattu,
Et qui me rendait l'espérance
    Et la vertu !

Ô toi dont sans cesse mes lèvres
    Disent le nom,
Pardonne-moi tes longues fièvres,
    Tes pleurs ! mais non,

J'en cacherai la cicatrice
    Sous un baiser
Si long et si profond qu'il puisse
    Te l'effacer.

Je veux que l'avenir te voie,
    Le front vainqueur,
Serrée et tremblante de joie
    Près de mon cœur ;

Écoutant mon ode pensive
    Qui te sourit,
Et me donnant la flamme vive
    De ton esprit !

Car à la fin je t'ai trouvée,
    Force et douceur,
Telle que je t'avais rêvée,
    Épouse et sœur

Qui toujours, aimante et ravie,
    Me guériras,
Et qui traverseras la vie
    Entre mes bras.

Plus d'exil ! Vois le jour paraître
    À l'orient :
Nous ne sommes plus qu'un seul être
    Fort et riant,

Dont le chant ailé se déploie
    Vers le ciel bleu,
Gardant, comme une sainte joie,
    L'espoir en Dieu,

Poursuivant sans qu'on l'avertisse,
    L'humble lueur
Qu'on nomme ici-bas la justice
    Et le bonheur,

N'ayant plus ni regrets ni haine
    Dans ce désert,
Et se ressouvenant à peine
    Qu'il a souffert.

Théodore de Banville

Oui, je t'ai retrouvée, et telle
Que je t'aimais,
Toi qui, comme un miroir fidèle,
Vis désormais

Ma vie, et je t'aime, je t'aime,
Je t'aime ! et pour
L'éternité, je suis toi-même,
Ô cher amour !

Jean-Baptiste Clément
(1836-1903)

Le Temps des cerises

Quand nous en serons au temps des cerises,
Et gai rossignol et merle moqueur
    Seront tous en fête.
Les belles auront la folie en tête
Et les amoureux du soleil au cœur.
Quand nous en serons au temps des cerises,
Sifflera bien mieux le merle moqueur.

Mais il est bien court, le temps des cerises,
Où l'on s'en va deux cueillir en rêvant
    Des pendants d'oreilles,
Cerises d'amour aux robes pareilles
Tombant sous la feuille en gouttes de sang.
Mais il est bien court, le temps des cerises,
Pendants de corail qu'on cueille en rêvant.

Jean-Baptiste Clément

Quand vous en serez au temps des cerises,
Si vous avez peur des chagrins d'amour
   Évitez les belles.
Moi qui ne crains pas les peines cruelles,
Je ne vivrai pas sans souffrir un jour.
Quand vous en serez au temps des cerises,
Vous aurez aussi des chagrins d'amour.

J'aimerai toujours le temps des cerises :
C'est de ce temps-là que je garde au cœur
   Une plaie ouverte,
Et dame Fortune, en m'étant offerte,
Ne saurait jamais calmer ma douleur.
J'aimerai toujours le temps des cerises
Et le souvenir que je garde au cœur.

Sully Prudhomme
(1839-1907)

Le Vase brisé

Le vase où meurt cette verveine
D'un coup d'éventail fut fêlé ;
Le coup dut l'effleurer à peine :
Aucun bruit ne l'a révélé.

Mais la légère meurtrissure,
Mordant le cristal chaque jour,
D'une marche invisible et sûre,
En a fait lentement le tour.

Son eau fraîche a fui goutte à goutte,
Le suc des fleurs s'est épuisé ;
Personne encore ne s'en doute,
N'y touchez pas, il est brisé.

Sully Prudhomme

Souvent aussi la main qu'on aime,
Effleurant le cœur, le meurtrit ;
Puis le cœur se fend de lui-même,
La fleur de son amour périt ;

Toujours intact aux yeux du monde,
Il sent croître et pleurer tout bas
Sa blessure fine et profonde ;
Il est brisé, n'y touchez pas.

Stéphane Mallarmé
(1842-1898)

Apparition

La lune s'attristait. Des séraphins en pleurs
Rêvant, l'archet aux doigts, dans le calme des fleurs
Vaporeuses, tiraient de mourantes violes
De blancs sanglots glissant sur l'azur des corolles.
— C'était le jour béni de ton premier baiser.
Ma songerie aimant à me martyriser
S'enivrait savamment du parfum de tristesse
Que même sans regret et sans déboire laisse
La cueillaison d'un rêve au cœur qui l'a cueilli.
J'errais donc, l'œil rivé sur le pavé vieilli
Quand avec du soleil aux cheveux, dans la rue
Et dans le soir, tu m'es en riant apparue
Et j'ai cru voir la fée au chapeau de clarté
Qui jadis sur mes beaux sommeils d'enfant gâté
Passait, laissant toujours de ses mains mal fermées
Neiger de blancs bouquets d'étoiles parfumées.

François Coppée
(1842-1908)

La Mémoire

Souvent, lorsque la main sur les yeux je médite,
Elle m'apparaît, svelte et la tête petite,
Avec ses blonds cheveux coupés courts sur le front.
Trouverai-je jamais des mots qui la peindront,
La chère vision que malgré moi j'ai fuie ?
Qu'est auprès de son teint la rose après la pluie ?
Peut-on comparer même au chant du bengali
Son exotique accent si clair et si joli ?
Est-il une grenade entrouverte qui rende
L'incarnat de sa bouche adorablement grande ?
Oui, les astres sont purs, mais aucun, dans les cieux,
Aucun n'est éclatant et pur comme ses yeux ;
Et l'antilope errant sous le taillis humide
N'a pas ce long regard lumineux et timide.
Ah ! devant tant de grâce et de charme innocent,

François Coppée

Le poète qui veut décrire est impuissant,
Mais l'amant peut du moins s'écrier : « Sois bénie,
Ô faculté sublime à l'égal du génie,
Mémoire, qui me rends son sourire et sa voix,
Et qui fais qu'exilé loin d'elle, je la vois ! »

Charles Cros
(1842-1888)

Sonnet astronomique

Alors que finissait la journée estivale,
Nous marchions, toi pendue à mon bras, moi rêvant
À ces mondes lointains dont je parle souvent.
Ainsi regardais-tu chaque étoile en rivale.

Au retour, à l'endroit où la côte dévale,
Tes genoux ont fléchi sous le charme énervant
De la soirée et des senteurs qu'avait le vent.
Vénus, dans l'ouest doré, se baignait triomphale.

Puis, las d'amour, levant les yeux languissamment,
Nous avons eu tous deux un long tressaillement
Sous la sérénité du rayon planétaire.

Sans doute, à cet instant, deux amants, dans Vénus,
Arrêtés en des bois aux parfums inconnus,
Ont, entre deux baisers, regardé notre terre.

★

En été, les lis et les roses
Jalousaient ses tons et ses poses.

La nuit, par l'odeur des tilleuls
Nous nous en sommes allés seuls.

L'odeur de son corps, sur la mousse,
Est plus enivrante et plus douce.

En revenant le long des blés,
Nous étions tous deux bien troublés.

Comme les blés que le vent frôle,
Elle ployait sur mon épaule.

★

L'automne fait les bruits froissés
De nos tumultueux baisers.

Dans l'eau tombent les feuilles sèches
Et, sur ses yeux, les folles mèches.

Charles Cros

Voici les pêches, les raisins,
J'aime mieux sa joue et ses seins.

Que me fait le soir triste et rouge,
Quand sa lèvre boudeuse bouge ?

Le vin qui coule des pressoirs
Est moins traître que ses yeux noirs.

Paul Verlaine
(1844-1896)

Colloque sentimental

Dans le vieux parc solitaire et glacé,
Deux formes ont tout à l'heure passé.

Leurs yeux sont morts et leurs lèvres sont molles,
Et l'on entend à peine leurs paroles.

Dans le vieux parc solitaire et glacé,
Deux spectres ont évoqué le passé.

— Te souvient-il de notre extase ancienne ?
— Pourquoi voulez-vous donc qu'il m'en souvienne ?

— Ton cœur bat-il toujours à mon seul nom ?
Toujours vois-tu mon âme en rêve ? — Non.

— Ah ! les beaux jours de bonheur indicible
Où nous joignions nos bouches ! — C'est possible.

— Qu'il était bleu, le ciel, et grand, l'espoir !
— L'espoir a fui, vaincu, vers le ciel noir.

Tels ils marchaient dans les avoines folles,
Et la nuit seule entendit leurs paroles.

D'une prison

Le ciel est, par-dessus le toit,
    Si bleu, si calme !
Un arbre, par-dessus le toit,
    Berce sa palme.

La cloche dans le ciel qu'on voit
    Doucement tinte.
Un oiseau sur l'arbre qu'on voit
    Chante sa plainte.

Mon Dieu, mon Dieu, la vie est là,
    Simple et tranquille.
Cette paisible rumeur-là
    Vient de la ville.

Paul Verlaine

— Qu'as-tu fait, ô toi que voilà,
   Pleurant sans cesse,
Dis, qu'as-tu fait, toi que voilà,
   De ta jeunesse ?

L'Heure exquise

La lune blanche
Luit dans les bois ;
De chaque branche
Part une voix
Sous la ramée…

Ô bien-aimée.

L'étang reflète,
Profond miroir,
La silhouette
Du saule noir
Où le vent pleure…

Rêvons, c'est l'heure.

Un vaste et tendre
Apaisement
Semble descendre

Paul Verlaine

Du firmament
Que l'astre irise…

C'est l'heure exquise.

Nevermore

Souvenir, souvenir, que me veux-tu ? L'automne
Faisait voler la grive à travers l'air atone,
Et le soleil dardait un rayon monotone
Sur le bois jaunissant où la bise détone.

Nous étions seul à seule et marchions en rêvant,
Elle et moi, les cheveux et la pensée au vent.
Soudain, tournant vers moi son regard émouvant :
« Quel fut ton plus beau jour ? » fit sa voix d'or vivant,

Sa voix douce et sonore, au frais timbre angélique.
Un sourire discret lui donna la réplique,
Et je baisai sa main blanche, dévotement.

— Ah ! les premières fleurs, qu'elles sont parfumées !
Et qu'il bruit avec un murmure charmant
Le premier oui qui sort de lèvres bien-aimées !

Paul Verlaine

Mon rêve familier

Je fais souvent ce rêve étrange et pénétrant
D'une femme inconnue, et que j'aime, et qui m'aime,
Et qui n'est, chaque fois, ni tout à fait la même
Ni tout à fait une autre, et m'aime et me comprend.

Car elle me comprend, et mon cœur, transparent
Pour elle seule, hélas ! cesse d'être un problème
Pour elle seule, et les moiteurs de mon front blême,
Elle seule les sait rafraîchir, en pleurant.

Est-elle brune, blonde ou rousse ? — Je l'ignore.
Son nom ? Je me souviens qu'il est doux et sonore
Comme ceux des aimés que la Vie exila.

Son regard est pareil au regard des statues,
Et, pour sa voix, lointaine, et calme, et grave, elle a
L'inflexion des voix chères qui se sont tues.

Green

Voici des fruits, des fleurs, des feuilles et des branches,
Et puis voici mon cœur, qui ne bat que pour vous.
Ne le déchirez pas avec vos deux mains blanches
Et qu'à vos yeux si beaux l'humble présent soit doux.

Paul Verlaine

J'arrive tout couvert encore de rosée
Que le vent du matin vient glacer à mon front.
Souffrez que ma fatigue, à vos pieds reposée,
Rêve des chers instants qui la délasseront.

Sur votre jeune sein laissez rouler ma tête
Toute sonore encor de vos derniers baisers ;
Laissez-la s'apaiser de la bonne tempête,
Et que je dorme un peu puisque vous reposez.

Germain Nouveau
(1851-1920)

L'Amour de l'Amour

Aimez bien vos amours ! aimez l'amour qui rêve
Une rose à la lèvre et des fleurs dans les yeux ;
C'est lui que vous cherchez quand votre avril se lève,
Lui dont reste un parfum quand vos ans se font vieux.

Aimez l'amour qui joue au soleil des peintures,
Sous l'azur de la Grèce, autour de ses autels,
Et qui déroule au ciel la tresse et les ceintures,
Ou qui vide un carquois sur des cœurs immortels.

Aimez l'amour qui parle avec la lenteur basse
Des *Ave Maria* chuchotés sous l'arceau ;
C'est lui que vous priez quand votre tête est lasse,
Lui dont la voix vous rend le rythme du berceau.

Aimez l'amour que Dieu souffla sur notre fange,
Aimez l'amour aveugle, allumant son flambeau,
Aimez l'amour rêvé qui ressemble à notre ange,
Aimez l'amour promis aux cendres du tombeau !

Aimez l'antique amour du règne de Saturne,
Aimez le dieu charmant, aimez le dieu caché,
Qui suspendait, ainsi qu'un papillon nocturne,
Un baiser invisible aux lèvres de Psyché !

Car c'est lui dont la terre appelle encore la flamme,
Lui dont la caravane humaine allait rêvant,
Et qui, triste d'errer, cherchant toujours une âme,
Gémissait dans la lyre et pleurait dans le vent.

Il revient ; le voici : son aurore éternelle
A frémi comme un monde au ventre de la nuit,
C'est le commencement des rumeurs de son aile ;
Il veille sur le sage, et la vierge le suit.

Le songe que le jour dissipe au cœur des femmes,
C'est ce Dieu. Le soupir qui traverse les bois,
C'est ce Dieu. C'est ce Dieu qui tord les oriflammes
Sur les mâts des vaisseaux et les faîtes des toits.

Il palpite toujours sous les tentes de toile,
Au fond de tous les cris et de tous les secrets ;
C'est lui que les lions contemplent dans l'étoile ;
L'oiseau le chante au loup qui le hurle aux forêts.

La source le pleurait, car il sera la mousse,
Et l'arbre le nommait, car il sera le fruit,
Et l'aube l'attendait, lui, l'épouvante douce
Qui fera reculer toute ombre et toute nuit.

Le voici qui retourne à nous, son règne est proche,
Aimez l'amour, riez ! Aimez l'amour ! chantez !
Et que l'écho des bois s'éveille dans la roche,
Amour dans les déserts, amour dans les cités !

Amour sur l'Océan, amour sur les collines !
Amour dans les grands lys qui montent des vallons !
Amour dans la parole et les brises câlines !
Amour dans la prière et sur les violons !

Amour dans tous les cœurs et sur toutes les lèvres !
Amour dans tous les bras, amour dans tous les doigts !
Amour dans tous les seins et dans toutes les fièvres !
Amour dans tous les yeux et dans toutes les voix !

Amour dans chaque ville : ouvrez-vous, citadelles !
Amour dans les chantiers : travailleurs, à genoux !
Amour dans les couvents : anges, battez des ailes !
Amour dans les prisons : murs noirs, écroulez-vous !

Arthur Rimbaud
(1854-1891)

Rêvé pour l'hiver

À... Elle.

L'hiver, nous irons dans un petit wagon rose
    Avec des coussins bleus.
Nous serons bien. Un nid de baisers fous repose
    Dans chaque coin moelleux.

Tu fermeras l'œil, pour ne point voir, par la glace,
    Grimacer les ombres des soirs,
Ces monstruosités hargneuses, populace
    De démons noirs et de loups noirs.

Puis tu te sentiras la joue égratignée…
Un petit baiser, comme une folle araignée,
    Te courra par le cou…

Et tu me diras : « Cherche ! » en inclinant la tête,
— Et nous prendrons du temps à trouver cette bête
  — Qui voyage beaucoup...

Première soirée

Elle était fort déshabillée
Et de grands arbres indiscrets
Aux vitres jetaient leur feuillée
Malinement, tout près, tout près.

Assise sur ma grande chaise,
Mi-nue, elle joignait les mains.
Sur le plancher frissonnaient d'aise
Ses petits pieds si fins, si fins.

— Je regardai, couleur de cire,
Un petit rayon buissonnier
Papillonner dans son sourire
Et sur son sein, — mouche au rosier.

— Je baisai ses fines chevilles.
Elle eut un doux rire brutal
Qui s'égrenait en claires trilles,
Un joli rire de cristal.

Les petits pieds sous la chemise
Se sauvèrent : « Veux-tu finir ! »
— La première audace permise,
Le rire feignait de punir !

— Pauvrets palpitants sous ma lèvre,
Je baisai doucement ses yeux :
— Elle jeta sa tête mièvre
En arrière : « Oh ! c'est encor mieux !...

« Monsieur, j'ai deux mots à te dire... »
— Je lui jetai le reste au sein
Dans un baiser, qui la fit rire
D'un bon rire qui voulait bien...

— Elle était fort déshabillée
Et de grands arbres indiscrets
Aux vitres jetaient leur feuillée
Malinement, tout près, tout près.

Émile Verhaeren
(1855-1916)

Dis-moi, ma simple et ma tranquille amie

Dis-moi, ma simple et ma tranquille amie,
Dis, combien l'absence, même d'un jour,
Attriste et attise l'amour
Et le réveille, en ses brûlures endormies ?

Je m'en vais au-devant de ceux
Qui reviennent des lointains merveilleux
Où, dès l'aube, tu es allée ;
Je m'assieds sous un arbre, au détour de l'allée ;

Et, sur la route, épiant leur venue,
Je regarde et regarde, avec ferveur, leurs yeux
Encore clairs de t'avoir vue.

Et je voudrais baiser leurs doigts qui t'ont touchée,
Et leur crier des mots qu'ils ne comprendraient pas,
Et j'écoute longtemps se cadencer leurs pas
Vers l'ombre où les beaux soirs tiennent la nuit penchée.

Marie Nizet
(1859-1922)

La Torche

Je vous aime, mon corps, qui fûtes son désir,
Son champ de jouissance et son jardin d'extase
Où se retrouve encor le goût de son plaisir
Comme un rare parfum dans un précieux vase.

Je vous aime, mes yeux, qui restiez éblouis
Dans l'émerveillement qu'il traînait à sa suite
Et qui gardez au fond de vous, comme en deux puits,
Le reflet persistant de sa beauté détruite.

Je vous aime, mes bras, qui mettiez à son cou
Le souple enlacement des languides tendresses.
Je vous aime, mes doigts experts, qui saviez où
Prodiguer mieux le lent frôlement des caresses.

Je vous aime, mon front, où bouillonne sans fin
Ma pensée à la sienne à jamais enchaînée
Et pour avoir saigné sous sa morsure, enfin,
Je vous aime surtout, ô ma bouche fanée.

Je vous aime, mon cœur, qui scandiez à grands coups
Le rythme exaspéré des amoureuses fièvres,
Et mes pieds nus noués aux siens et mes genoux
Rivés à ses genoux et ma peau sous ses lèvres…

Je vous aime, ma chair, qui faisiez à sa chair
Un tabernacle ardent de volupté parfaite
Et qui preniez de lui le meilleur, le plus cher,
Toujours rassasiée et jamais satisfaite.

Et je t'aime, ô mon âme avide, toi qui pars
— Nouvelle Isis — tentant la recherche éperdue
Des atomes dissous, des effluves épars
De son être où toi-même as soif d'être perdue.

Je suis le temple vide où tout culte a cessé
Sur l'inutile autel déserté par l'idole ;
Je suis le feu qui danse à l'âtre délaissé,
Le brasier qui n'échauffe rien, la torche folle…

Et ce besoin d'aimer qui n'a plus son emploi
Dans la mort, à présent retombe sur moi-même.
Et puisque, ô mon amour, vous êtes tout en moi
Résorbé, c'est bien vous que j'aime si je m'aime.

Jules Laforgue
(1860-1887)

Figurez-vous un peu

Oh ! qu'une, d'Elle-même, un beau soir, sût venir,
Ne voyant que boire à Mes Lèvres ! ou mourir…

Je m'enlève rien que d'y penser ! Quel baptême
De gloire intrinsèque, attirer un « Je vous aime » !

L'attirer à travers la société, de loin,
Comme l'aimant la foudre ; un', deux ! ni plus, ni moins.

Je t'aime ! comprend-on ? Pour moi tu n'es pas comme
Les autres ; jusqu'ici c'était des messieurs, l'Homme…

Ta bouche me fait baisser les yeux ! et ton port
Me transporte ! (et je m'en découvre des trésors…)

Et c'est ma destinée incurable et dernière
D'épier un battement *à moi* de tes paupières !

Oh ! je ne songe pas au reste ! J'attendrai,
Dans la simplicité de ma vie faite exprès…

Te dirai-je au moins que depuis des nuits je pleure,
Et que mes parents ont bien peur que je n'en meure ?…

Je pleure dans des coins ; je n'ai plus goût à rien,
Oh ! j'ai tant pleuré, dimanche, en mon paroissien !

Tu me demandes pourquoi Toi ? et non un autre…
Je ne sais ; mais c'est bien Toi, et point un autre !

J'en suis sûre comme du vide de mon cœur,
Et… comme de votre air mortellement moqueur…

— Ainsi, elle viendrait, évadée, demi-morte,
Se rouler sur le paillasson qu'est ma porte !

Ainsi, elle viendrait à Moi ! les yeux bien fous
Et elle me suivrait avec cet air partout !

Henry Bataille
(1872-1922)

Le Nom

Les amants étendus et pressés sur leur couche
Se disent : « Nommons-nous, ensemble, dans
[l'étreinte. »
Car, même chair à chair et bouche contre bouche,
Ils s'appellent avec des cris mêlés de plaintes,
Comme s'ils se sentaient perdus dans les ténèbres !
Ils se nomment, en s'embrassant, pour se chercher,
Conscients de quelque solitude funèbre
Qui jusque dans l'amour les tient désenlacés…
Et ce n'est pas leur corps, c'est leur âme qui crie !
Ah ! maintenant que tout est fini, pour la vie,
Depuis que tu ne sais plus même si j'existe,
Appelons-nous encor de loin, dans le silence,
D'une voix déchirée, affreuse, rauque et triste.

Henry Bataille

Mets-y l'expression particulière, intense,
Que tu prenais pour dire : « Où donc es-tu ? J'arrive… »
Nous ne reviendrons plus à l'appel de la voix.
Le vent emportera le nom à la dérive,
Et l'un ne répondra plus à l'autre : « Attends-moi ! »
Pourtant suis mon conseil. Fais comme je ferai.
Quand l'instant sera lourd ou trop désespéré,
Va-t'en dans quelque coin de nature profonde ;
Et là, sans qu'aucun être écoute et te réponde,
Fais retentir au loin, pour qu'il revive une heure,
Le nom que plus jamais ta lèvre ne redit
Et qui t'avait donné sa douceur infinie…
S'il se peut qu'il renaisse encor sans que tu pleures,
Trouve pour le crier la force nécessaire,
Afin qu'un vent lointain le porte jusqu'à moi,
C'est-à-dire à peu près jusqu'au bout de la terre !…
Appelons-nous encor dans l'ombre quelquefois
De tout le désespoir éperdu de la voix.
Sans fin, recommençons le cri désespéré,
Un cri, pas un sanglot, un cri, mais prononcé
Avec l'inflexion de la pire tendresse !
Un grand cri de secours, un cri d'enfant perdu,
Un cri hurlé ; et qu'à cet appel tout renaisse,
Tout, du fond de la vie, du fond du jamais plus !
Qu'un printemps révolté réponde au loin :

[« Toujours ! »…

Crie ! Nous devrons mourir sans nous être revus !
Crie ! C'est atroce et monstrueux. Crie : Au secours !
Mais que toute pitié reste sourde à ta voix.
Nomme-moi dans la nuit sans pardon. Nomme-moi
Au fond de la forêt terrible de l'Amour !

Renée Vivien
(1877-1909)

Ondine

Ton rire est clair, ta caresse est profonde,
Tes froids baisers aiment le mal qu'ils font ;
Tes yeux sont bleus comme un lotus sur l'onde,
Et les lys d'eau sont moins purs que ton front.

Ta forme fuit, ta démarche est fluide,
Et tes cheveux sont de légers réseaux ;
Ta voix ruisselle ainsi qu'un flot perfide ;
Tes souples bras sont pareils aux roseaux,

Aux longs roseaux des fleuves, dont l'étreinte
Enlace, étouffe, étrangle savamment,
Au fond des flots, une agonie éteinte
Dans un nocturne évanouissement.

Les yeux gris

Le charme de tes yeux sans couleur ni lumière
Me prend étrangement ; il se fait triste et tard,
Et, perdu sous le pli de ta pâle paupière,
Dans l'ombre de tes cils sommeille ton regard.

J'interroge longtemps tes stagnantes prunelles.
Elles ont le néant du soir et de l'hiver
Et des tombeaux : j'y vois les limbes éternelles,
L'infini lamentable et terne de la mer.

Rien ne survit en toi, pas même un rêve tendre.
Tout s'éteint dans tes yeux sans âme et sans reflet,
Comme dans un foyer de silence et de cendre…
Et l'heure est monotone ainsi qu'un chapelet.

Parmi l'accablement du morne paysage,
Un froid mépris me prend des vivants et des forts…
J'ai trouvé dans tes yeux la paix sinistre et sage
Et la mort qu'on respire à rêver près des morts.

Tristan Derème
(1889-1941)

XLV

La porte du jardin donne sur la ruelle
Et c'est là qu'un beau soir elle est apparue, elle
De qui l'amour est clair, comme l'aube et l'azur.
Elle m'attend. Le chat s'étire sur le mur.
Elle m'attend. C'est le village après le steppe.
Son sourire est léger comme une aile de guêpe.
Elle m'attend sous la tonnelle de roseaux.
Mon cœur est une cage où chantent mille oiseaux.
Elle m'attend, elle regarde la pendule.
J'arriverai dans la tiédeur du crépuscule,
Et quand je la verrai me tendre les deux mains,
Les roses de juillet pleuvront sur les chemins.

Paul Eluard
(1895-1952)

Je t'aime

Je t'aime pour toutes les femmes que je n'ai pas connues
Je t'aime pour tous les temps où je n'ai pas vécu
Pour l'odeur du grand large et l'odeur du pain chaud
Pour la neige qui fond pour les premières fleurs
Pour les animaux purs que l'homme n'effraie pas
Je t'aime pour aimer.
Je t'aime pour toutes les femmes que je n'aime pas

Qui me reflète sinon toi-même je me vois si peu
Sans toi je ne vois rien qu'une étendue déserte
Entre autrefois et aujourd'hui
Il y a eu toutes ces morts que j'ai franchies sur de la
[paille
Je n'ai pas pu percer le mur de mon miroir
Il m'a fallu apprendre mot par mot la vie
Comme on oublie

Paul Eluard

Je t'aime pour ta sagesse qui n'est pas la mienne
Pour la santé
Je t'aime contre tout ce qui n'est qu'illusion
Pour ce cœur immortel que je ne détiens pas
Tu crois être le doute et tu n'es que raison
Tu es le grand soleil qui me monte à la tête
Quand je suis sûr de moi.

Louis Aragon
(1897-1982)

Les Yeux d'Elsa

Tes yeux sont si profonds qu'en me penchant pour
                                                    [boire
J'ai vu tous les soleils y venir se mirer
S'y jeter à mourir tous les désespérés
Tes yeux sont si profonds que j'y perds la mémoire

À l'ombre des oiseaux c'est l'océan troublé
Puis le beau temps soudain se lève et tes yeux changent
L'été taille la nue au tablier des anges
Le ciel n'est jamais bleu comme il l'est sur les blés

Les vents chassent en vain les chagrins de l'azur
Tes yeux plus clairs que lui lorsqu'une larme y luit
Tes yeux rendent jaloux le ciel d'après la pluie
Le verre n'est jamais si bleu qu'à sa brisure

Louis Aragon

Mère des Sept Douleurs ô lumière mouillée
Sept glaives ont percé le prisme des couleurs
Le jour est plus poignant qui point entre les pleurs
L'iris troué de noir plus bleu d'être endeuillé

Tes yeux dans le malheur ouvrent la double brèche
Par où se reproduit le miracle des Rois
Lorsque le cœur battant ils virent tous les trois
Le manteau de Marie accroché dans la crèche

Une bouche suffit au mois de Mai des mots
Pour toutes les chansons et pour tous les hélas
Trop peu d'un firmament pour des millions d'astres
Il leur fallait tes yeux et leurs secrets gémeaux

L'enfant accaparé par les belles images
Écarquille les siens moins démesurément
Quand tu fais les grands yeux je ne sais si tu mens
On dirait que l'averse ouvre des fleurs sauvages

Cachent-ils des éclairs dans cette lavande où
Des insectes défont leurs amours violentes
Je suis pris au filet des étoiles filantes
Comme un marin qui meurt en mer en plein mois d'août

J'ai retiré ce radium de la pechblende
Et j'ai brûlé mes doigts à ce feu défendu
Ô paradis cent fois retrouvé reperdu
Tes yeux sont mon Pérou ma Golconde mes Indes

Louis Aragon

Il advint qu'un beau soir l'univers se brisa
Sur des récifs que les naufrageurs enflammèrent
Moi je voyais briller au-dessus de la mer
Les yeux d'Elsa les yeux d'Elsa les yeux d'Elsa

Marcel Béalu
(1908-1993)

Printemps neuf

Ton amour est en moi comme le printemps neuf
Dans un grand parc depuis longtemps abandonné
On célébrait ici des fêtes solennelles
Un temple encore atteste leur culte secret

Sous l'alisier géant et les épicéas
La face d'un palais comme un grand livre ouvert
Livrait aux vents du soir l'ivresse de ses torches
Aujourd'hui cette vie d'autrefois semble morte
Le livre est refermé les satyres ont fui
L'anneau de jaspe vert des amours éternels
Gît au fond de l'étang avec la clef rouillée
Du paradis terrestre

Marcel Béalu

De l'orgueilleux fronton ne reste que des ruines
Dans un silence épais de ville désertée
Palais temple feuillage tout croule et s'incline
Devant la jeune fleur
Qui s'entrouvre au soleil

Alain Borne
(1915-1962)

Je vous ai vue…

Je vous ai vue pour la première fois Lislei
au temps des neiges
mon cœur fut visité d'hiver de printemps et d'automne.

Tous les visages qui se lèvent à présent
ne sont que la caricature de ce visage
même les plus beaux même les plus frais
les plus naïfs les plus purs.
Où est-il ce visage qui m'a dévasté le monde
ce visage ce visage où je ne distinguais
ni les yeux ni les lèvres ni le front
avec mon sang poison bien-aimé.

Lislei il n'y avait que la chair il n'y avait que le monde
et je les ai chantés
Lislei laissons cela les mots sont mûrs.

Alain Borne

Je n'ai pas dit : Lislei est ma plus aimée
je n'ai pas dit : dans mon cœur il y a Lislei
puis telle autre et telle autre ensuite
je n'ai pas dit : j'aimerai Lislei et après celle qui viendra
tout fut en éclats tout pâlit
il n'y eut plus que Lislei-Lislei
il n'y eut plus que cet amour.

Je cherche une image

Je cherche une image
un feu puissant
un soleil agrandi
guéri de ses quatre convalescences
pour parer votre front.

Je cherche une image
une fleur blanche et transparente
et forte et montée de la neige
et nourrie de la foudre et lente à se faner
ainsi qu'un haut sommet de gel.

Je cherche une image
pour éclairer votre visage
un oiseau noir un oiseau blanc
deux ailes liées d'une étoile

un plumage d'aurore qui détruise le ciel
pour dire votre démarche.

Mais non il n'est qu'une image
pour mes yeux en cendres
pour mon cœur écrasé
pour ce réduit de gloire que crée votre présence
qu'une image et son double
vous-même et l'ombre fulgurante
qui tombe de vous-même.

Jean Malrieu
(1915-1976)

Lorsque nous serons enfin des enfants, nous nous dirons
[tout
Jusqu'au frisson, lézard qui vit de peu dans la chaleur.
Très tard, dans la cuisine, la vaisselle faite,
L'argenterie prise dans le tiroir comme la source dans
[le gel
Nous voyagerons en regardant de vieilles cartes postales
Dans des villes que n'habite pas encore la mémoire.
Sur la table, avec les trésors renversés des boîtes et
[des armoires,
À partir de boutons dépareillés,
Nous inventerons ce que furent nos habits de gloire et
[de fumée.
Ainsi, se souvenant de notre âge futur,
Viendra vers nous l'amour qui s'appelle Toujours.
Il habite au jardin de notre destinée.
Sa main descend le temps qui nous a oubliés
Et découvre la vie noyée dans la lumière.

Luc Bérimont
(1915-1983)

Happy end

Je capture des poissons blancs
La cloche emballée des Dimanches
Je te les donne dans le vent
Qui descend comme l'eau descend

Mon tiède amour, mon air du temps
Ma lanterne allumée, ma danse
Gorge blonde, mon cri vivant
Mon printemps mangeur de mésanges

Mon herbe bleue, mon chevreau blanc
Je hisse un coteau de pervenches
Regarde-moi ; je tremble et mens
Piégé parmi mes poissons blancs

Luc Bérimont

Ombre

J'entends la pluie, les vents, jouer aux osselets
Mes coteaux de beau temps ont la robe des biches
Une feuille est collée sur la joue de l'été
Des feux d'herbe, la nuit, fument sur les villages.

C'est ton nom qui se prend aux grandes eaux du vent
Ton nom qui parle haut quand minuit nous délivre
C'est ta main qui se givre aux carreaux de goudron
C'est ma main qui se perd à retracer tes lèvres.

La pluie ronge et nourrit les plis chauds de ta bouche
Des ailes de bois mort bougent dans la nuit louche

Édouard J. Maunick
(1931)

Présences

Je viens pour te guérir de l'espérance et dire que la nuit n'a jamais existé./Je viens pour te délivrer de l'insupportable bonheur d'aimer. La nuit, c'est ce que nous avons créé. Un signe pour nous rencontrer entre les autres fleurs./La fleur du visage et celle de l'éclatante justice, la fleur immense de la voix et celle du songe, celle de la fumée et la fleur océane, celle qui s'ouvre lointaine et celles qui sont déjà tes yeux./La nuit, c'est l'heure vivante contre laquelle luttent tant de fantômes. Et nous qui n'avons jamais été des êtres réels !/Je viens pour te délivrer de l'insupportable bonheur d'aimer. Rien ne ressemble plus à l'amour que ce feu qui défaisait notre solitude. Ses flammes, des baisers de sang, encore un signe que c'était pas le feu des autres : un feu pour nous reconnaître à travers les autres flammes./La flamme que la tempête reprend à l'oiseau qui meurt,

celle des mots vivants la flamme rendue à l'autre
flamme comme un songe au sommeil, celle de la haine
qui déchire le ciel,/la flamme toujours régénérée de la
misère humaine, celles que tes mains portent comme
des gants sanglants…/L'amour, c'est la terre interdite.
La minute qui n'attend pas et que tous les hommes ont
détruite sans le savoir./Car la nuit et l'amour sont la
promesse d'un même malheur.

Je viens pour te créer une chance.

Roger Kowalski
(1934-1976)

Me voici donc parvenu aux frontières

Me voici donc parvenu aux frontières de ce que je puis maintenant dire, à la lisière de ce qui peut naître d'une plume longuement irritée.

Je vois ton visage – un peu rejeté en arrière – et ton cou tendu doucement battre. Je vois ton visage et ta main est douce.

Il y a un silence d'une qualité rare, d'un poids tendre sur ma bouche – et ce goût délicieux qu'ont les herbes fauchées vers l'aube.

Épervier – œil sombre – tant de vivant derrière ta paupière, tant de vif à la naissance d'un jeune sein !

Regarde-moi qu'efface un pli du vent, que charme un geste beau ; je te suis plus voué que l'arbre à ce flot tranquille.

Vénus Khoury-Ghata
(1937)

À Yasmine

Tu es mon point du jour
mon île colorée en bleu
ma clairière odorante

Tu es ma neige volée
mon pétale unique
mon faune apprivoisé

Tu es ma robe de caresses
mon foulard de tendresse
ma ceinture de baisers

Tes cils épis de blé
Tes gestes moulin à vent

Vénus Khoury-Ghata

et l'on pétrit le rire
dans la cuve de ta bouche

Tu es mon pain dodu
mon nid

Jean Orizet
(1937)

À tes yeux de surprise matinale
je veux m'étonner le premier

À tes lèvres de verveine
je veux boire encore ce rire ailé de gazelle

À tes cheveux de poivre blond
je veux renouveler ma soif

À ton ventre de jeune pêche
je veux attendre l'été mûrissant

Oreille contre cœur
Merveille pour merveille.

François Montmaneix
(1938)

Qui dresse au loin ce mur
où la saison est grise ?
Un goût d'hiver passe en tes yeux
aussi clairs que la pluie ce matin
Entendrais-tu déjà notre blancheur
donner tout leur silence aux soirs de neige ?
Mais aujourd'hui encore
l'été nous doit trop de choses vivantes
buvons ses vins et ses orages
regarde autour de toi
le vent du nord : il t'aime
et cette pierre au fond de l'eau
elle a bougé quand tu as dit mon nom

*

Dans le regard d'une femme
— c'est il y a longtemps —
un passage de lumière

attend mes mains devant le feu
Un soir par la lueur du monde
j'ai suivi la pluie sur vos lèvres
l'étoile d'eau à votre front
notre blancheur face au ciel sombre
Il gela vers l'aube et nous étions jeunes
derrière la vitre un hiver se taisait
Vois ces oiseaux mon amour ils ont froid
leur vie dépend de nos frissons

Pierre Perrin
(1950)

Un amour de lumière

J'aurais tant voulu vivre un amour de lumière
et combler une femme à la fois mon amante
et ma mère, avec qui, le jour, la nuit, liés
tout n'eût été qu'espoir, partage et démesure.

Cette femme, un matin, est entrée dans ma vie.
Elle a souri, m'a pris la main, m'a entraîné
sur ses pas, dans un lit, vers son âme avec grâce.
Par son corps et son rire, elle était l'avenir.

Naturelle, attentive, ingénieuse et secrète,
elle se livrait nue comme on roule dans l'herbe ;
elle ouvrait le mystère, agrandissait le temps.

Pourquoi tout a croulé ? Pourquoi a-t-il fallu
que le bonheur explose, et revienne l'absence ?
Qui gouverne la vie sinon, partout, la mort ?

INDEX CHRONOLOGIQUE DES AUTEURS

Index chronologique des auteurs

INDEX ALPHABÉTIQUE DES AUTEURS

Index alphabétique des auteurs

Remerciements

Nous remercions MM. les éditeurs, auteurs et ayants droit qui nous ont autorisé à reproduire les textes ou fragments de textes dont ils conservent l'entier copyright, soit pour le texte intégral, soit pour la traduction.

Paul Eluard : « Je t'aime », *in* : *Derniers Poèmes d'amour*, © Laffont-Seghers.
Louis Aragon : « Les Yeux d'Elsa », *in* : *Les Yeux d'Elsa*, © Laffont-Seghers.
Marcel Béalu : « Printemps neuf », *in* : *Poèmes, 1960-1980*, © Le Pont Traversé.
Luc Bérimont,
Alain Borne,
Vénus Khoury-Ghata,
Roger Kowalsky,
Jean Malrieu,
Edouard J. Maunick,
François Montmaneix,
Jean Orizet,
Pierre Perrin :
© le cherche midi.

Table

Table

XVIᵉ SIÈCLE

Table

XVIIe SIÈCLE

XVIIIe SIÈCLE

XIXe ET XXe SIÈCLES

Table

Table

Table

Le Livre de Poche s'engage pour l'environnement en réduisant l'empreinte carbone de ses livres. Celle de cet exemplaire est de : **350 g éq. CO$_2$** Rendez-vous sur www.livredepoche-durable.fr

PAPIER À BASE DE FIBRES CERTIFIÉES

Composition réalisée par ASIATYPE

Achevé d'imprimer en mai 2013 en Espagne par
Black Print CPI Iberica, S.L.
Sant Andreu de la Barca (08740)
Dépôt légal 1re publication : février 2007
Édition 08 – mai 2013
LIBRAIRIE GÉNÉRALE FRANÇAISE – 31, rue de Fleurus – 75278 Paris Cedex 06

31/1942/7